FVA

Zoë Jenny in der Frankfurter Verlagsanstalt

DAS BLÜTENSTAUBZIMMER, Roman
DER RUF DES MUSCHELHORNS, Roman
DAS PORTRAIT, Roman
SPÄTESTENS MORGEN, Erzählungen

Zoë Jenny

SPÄTESTENS MORGEN

Erzählungen

FRANKFURTER VERLAGSANSTALT

Inhalt

Sugar Rush

Sie warteten auf ihn in ihre Regenjacken gehüllt, die Kapuzen hochgezogen. Er freute sich darauf, den Tag mit den Kindern allein zu verbringen. Auf dem Weg zur Untergrundbahn ging er, eine Zigarette rauchend, einen Schritt hinter ihnen. Selwyn erzählte Tara aufgeregt etwas über ein neues Computerspiel. Tara nickte nachgiebig und legte plötzlich wie beschützend die Hand auf den Kopf ihres Bruders – eine Geste, die Mike seltsam berührte. Sie war zwei Jahre älter als Selwyn und immer ganz die große Schwester. In der Untergrundbahn standen sie so dicht beisammen, dass er seinen Arm um sie legen konnte, während ihre Körper sich gleichzeitig im Rhythmus des Wagens wiegten. Draußen schubste er sie durch das übliche Gedränge von Oxford Circus in die Regent Street. Er behielt sie dabei vorsichtig im Auge, als ob er fürchtete, sie könnten in der Menschenmasse verschwinden und für immer verlorengehen. Ein Gedanke, der ihn mit Panik erfüllte.

Selbst an einem düsteren Tag wie heute wirkte der große Apple Store hell, die unzähligen Bildschirme leuchteten wie kleine Sonnen. Tara und Selwyn rannten auf einen Computer zu und drückten sofort wild auf den Tasten herum. Karin würde überrascht sein, wenn die Kinder ihr am Abend den Computer zeigten. Er hatte ihr nichts über den Vorschuss gesagt, den er für sein neues Theaterstück bekommen hatte. Es war nicht nur ein Geschenk für die Kinder, es war ein Statement, ein Zeichen dafür, dass auch er etwas beisteuern konnte – und kein Parasit war. Schlimm genug, dass Karin das Geld verdiente und alles für ihn bezahlte. Zu Beginn war es zwar ganz angenehm gewesen, sich in ein gemachtes Nest zu setzen, aber Mike fühlte sich zunehmend eingeengt, und die Abhängigkeit störte ihn.

Das junge Personal in Turnschuhen und umgelegten Headphones schwirrte mit einer Leichtigkeit durch das Geschäft, als gehörten sie allesamt einer anderen Spezies an. Eine junge Frau erklärte ihm ausführlich die Funktionen des Computers – die er sogleich alle wieder vergaß, weil er fasziniert das Piercing in ihrer Zunge studierte, das jedes Mal aufblitzte, sobald sie den Mund öffnete – er fragte sich, wie es sich wohl anfühlte, sie zu küssen, bei dem Gedanken, mit der Zunge das Metall zu berühren, schauderte ihn. Die Verkäuferin lächelte die Kinder an, fragte nach ihren Namen und ihrem Alter. Die beiden zogen stets alle Aufmerksamkeit auf sich; wenn er mit ihnen unterwegs war, übersahen ihn deshalb die Frauen, gerade so, als ob er gar nicht existierte. Auch als er zahlte und den Computer entgegennahm, bedankte sich die Verkäuferin nicht etwa bei ihm, sondern bei den Kindern, winkte ihnen nach und wünschte ihnen viel Spaß mit dem weißen Gerät. Ein letztes Mal sah er das Metall in ihrem Mund aufblitzen.

Draußen regnete es in Strömen. Tara nahm Selwyn an die Hand. »Wie wäre es mit einem Eis?«, fragte Mike. Es war so leicht, die Kinder zufriedenzustellen. Die Eisdiele am Leicester Square war nur einen Katzensprung entfernt. Und ein kleiner Sugar Rush würde ihnen gewiss nicht schaden. Karin musste es ja nicht wissen. Ein Geheimnis zwischen ihm und den Kindern. Das letzte Mal hatten sie in Karins Abwesenheit eine riesige Packung Chips vernascht, während sie im Fernsehen *Tom & Jerry* geschaut hatten. Das krachende Geräusch der knusprigen Chips, während ihre Hände abwechselnd in der Tüte versanken, gab ihm ein Gefühl der Verbundenheit. Karins Besessenheit, den Kindern nur biologisch einwandfreies Essen zu erlauben und jegliches Junkfood zu verbieten, fand er völlig übertrieben. War für sie doch alles irgendwie vergiftet, die Luft, das Wasser, die Nahrung. Für Karin war die Welt eine einzige Giftmülldeponie. Schon mehr als einmal hatte er ihr zu erklären versucht, dass es vielleicht gar nicht so gesund sei, die Welt nur als eine toxische Gefahrenzone wahrzunehmen. Zwecklos. Karin hatte eine Mission, und wenn er auch nur den leisesten Zweifel äußerte, bombardierte sie ihn mit Statistiken, zählte alles auf: die Konservierungsmittel, E-Nummern, Karzinogene, die Krankheiten und Krebsraten, die globale Erderwärmung – denn alles war miteinander verbunden, und sie hatte ja recht, das musste er am Ende immer eingestehen. Nur: Manchmal wollte er das alles gar nicht wissen. Wie neulich am Sonntagmorgen, als sie ihm im Bett erklärte, dass selbst die Kleider nun vergiftet seien. Er blickte aus dem Fenster in den Garten, während Karin ausführte, wie die Haut tagtäglich die Schadstoffe der mit toxischen Bleichmitteln behandelten Baumwolle absorbiere. »Du bist tagtäglich in Gift eingekleidet und merkst es nicht mal!« Eine Amsel saß auf der Backsteinmauer, die ihren Garten vom Nachbargrundstück trennte, und hackte eifrig auf etwas herum, das er aus der Distanz nicht genau erkennen konnte, aber am ehesten nach einer Schnecke aussah. »Hörst du überhaupt zu?«, fragte sie. »Ich höre zu«, sagte er. Und drehte sich zu ihr hin, während er aus dem Augenwinkel weiterhin den Vogel beobachtete. »Ich habe dieses Geschäft in Covent Garden entdeckt, das Kleider aus Bambus verkauft«, sagte sie, ihre Stimme hatte dabei diesen enthusiastischen Unterton, von dem er ahnte, dass er nichts Gutes bedeutete. Doch erst als sie aufstand und zu seinem Kleiderschrank ging, begriff er, auf was sie aus war. Mit einem Satz sprang er aus dem Bett und stellte sich vor sie hin.

»Bist du verrückt geworden? Du möchtest meine Hemden wegwerfen? Kommt nicht in Frage. Nein. Das geht zu weit. Du wirst nicht meine Kleider wegwerfen! Und ich trage keine Sachen aus Bambus. Niemals!« Augenblicklich kam er sich lächerlich vor, wie er nackt mit gespreizten Beinen und vor der Brust verschränkten Armen vor ihr stand.

Karin schüttelte den Kopf und sah ihn an, als sei er nicht ihr Mann, sondern ein kleines verzogenes Kind. »Warum so stur? Ich wollte dir nur helfen. Meinetwegen kannst du dich vergiften lassen.«

»Ich vergifte mich nicht«, sagte er laut. Aber sie hatte sich schon umgedreht und war auf dem Weg ins Kinderzimmer. Er blickte ihr nach, fast enttäuscht, wie schnell sie aufgegeben hatte. Sie verschwendete keine Zeit mehr mit ihm. Sie hatte ihr eigenes Fleisch und Blut zu bewahren.

An diesem Morgen verließ er die Wohnung und aß sein Frühstück allein in einem Café. Er wollte das Geschrei nicht hören. Er hörte es trotzdem. In Gedanken, während er sein Spiegelei verzehrte, sah er, wie Tara weinend ihren Lieblingspulli mit der aufgedruckten Mickey Mouse an sich drückte, sich lauthals dagegen wehrend, dass ihre Mutter ihn wegzuwerfen gedachte. Ein billiges Polyestergemisch - hergestellt in einer Fabrik in China, von Kinderhand zusammengenäht. Ein politisch höchst fragwürdiges, unkorrektes Kleidungsstück. Aber Tara in London, die weder von Kinderarbeit noch von chinesischen Fabriken oder vergifteten Kleidern etwas wusste, hatte diesen Pulli zu ihrem Lieblingsstück erkoren. Mike stellte sich vor, wie sie um ihn kämpfte, schreiend an ihm festhielt und daran zerrte (Mickey Mouse machte dabei eine unansehnliche Fratze), während Karin versuchte, ihrer achtjährigen Tochter zu erklären, warum dieser Pulli in den Abfall gehöre. »Wann, wenn nicht jetzt?«, fragte sie jedes Mal, wenn Mike zu bedenken gab, dass die Kinder noch zu jung seien, um politische Zusammenhänge zu verstehen. Vielleicht hatte sie ja recht - aber zu welchem Preis? Die Kinder taten ihm leid. Es war schließlich nicht ihre Schuld, dass die Welt ungerecht und kaputt war, und manchmal – davon war er überzeugt – musste man die Augen auch schließen können, um normal zu leben. Aber Karin war schon zu weit gegangen. Sie war nicht mehr zu stoppen. An jenem Wochenende schaffte Karin es, sämtliche Kleider auszutauschen – selbst die Bettlaken und Handtücher wechselte sie gegen Produkte aus Bambusfasern aus. Seit sie in den Kleiderschränken der Kinder gewütet hatte, hielten diese mehr zu ihm. Komplizenhaft zwinkerten sie sich zu, wenn Karin am Tisch über einem Bulgursalat erklärte, wie gesund der sei und dass sie die Tomaten auf den Farmers' Markets gekauft habe, weil die Tomaten von dort nicht nur besser schmeckten, sondern weil es wichtig wäre, Farmers' Markets zu unterstützen. Tara und Selwyn kickten sich unter dem Tisch mit den Füßen und gaben sich Zeichen, weil Karin ihnen wieder die Welt erklärte.

Ihn, den Außenseiter, befriedigte das. Er hatte diese Befriedigung bitter nötig. Mehr als einmal hatte er sich vorgestellt, wie Alexander, Karins Ex-Mann, ihn bei den Kindern schlechtmachte. Karin tat dies als Paranoia ab, aber er wusste genau, dass er in Alexanders Augen ein »Loser« war. Der »Künstlertyp«, den Karin auf Londons Straßen aufgelesen hatte, wie einen Hund, der sich verlaufen hatte. Ein brotloser Theaterschriftsteller, der seit Jahren auf seinen Durchbruch im West End wartete. Jedes Mal versetzte es ihm einen Stich, wenn Alexander am Wochenende kam, um die Kinder abzuholen, und sie mit Freudengeschrei auf ihn zurannten. Er warf

Tara wie eine Feder in die Luft, und sie fiel jauchzend in seine Arme zurück. Mike wünschte, er könnte Tara so in die Arme nehmen und an sich drücken. »Hi Mike«, rief Alexander ihm zu, als wäre er nur zufällig auch gerade in der Wohnung und nicht weiter von Interesse. Es wäre ihm lieber gewesen, Alexander würde ihn offen hassen. Das kumpelhafte Getue war schlimmer. Vor der Premiere seines letzten Stücks in einem Theater in Hackney hatte Alexander ihm sogar gönnerhaft auf die Schulter geklopft und ihm viel Glück gewünscht. Den ganzen Abend hatte er noch den Druck seiner Hand auf der Schulter gefühlt, er konnte sich nicht auf das Bühnengeschehen konzentrieren. Stattdessen phantasierte er, wie er Alexander bald die Faust ins Gesicht schlagen würde, mitten in das breite wohlmeinende Grinsen. Immer wieder, er konnte die Zähne fühlen, die wegbrachen, diese weißen strahlenden Zähne, das Gebiss eines Hundes, dachte er, fletschend und bereit zum tödlichen Biss. Weg damit! Sollte er doch ersticken an seinen eigenen Zähnen. Schlag für Schlag, bis er aufgedunsen und blutverschmiert zu Boden sank.

Mit Genugtuung betrat Mike mit den Kindern die Häagen-Dazs-Eisdiele am Leicester Square. Nervös sahen sie sich um, gerade so, als erwarteten sie Karin wie einen Geist irgendwo hinter einem der runden Tischchen hervorkommen, um sie schimpfend hinauszujagen. Erst als die Kellnerin drei große Eisbecher an den Tisch brachte, entspannten sie sich. Tara und Selwyn starrten auf die Schokoladensauce, die dick und zäh über die Vanillekugeln floss, als trauten sie ihren Augen nicht.

»Worauf wartet ihr?«, fragte Mike. »Es schmilzt!«
Ihre Köpfe beugten sich über die zuckrig-kalten Kugeln, und ihre Gesichter versanken darin. Er bestellte Extra-Schokoladensauce, es sollte nicht zu knapp sein.
»Wir werden Mummy nichts verraten«, sagte Tara mit vollem Mund, »sie darf nichts wissen.«
Selwyn nickte eifrig. »Kein Sterbenswörtchen.«
Mike nickte schweigend, er konnte die Kinder nicht auch noch zum Lügen auffordern. Während das süße Eis auf seiner Zunge schmolz, plante er schon den nächsten Ausflug. »Nächste Woche gehen wir zu McDonald's«, sagte er verheißungsvoll, und sie sahen ihn an mit diesem offenen, erstaunten Blick. In diesem Moment wusste er, dass er sie in der Hand hatte und sie ihm folgen würden, wohin immer er wollte. Eine teuflische Freude erfasste ihn, wenn er sich vorstellte, wie er mit den Kindern vor Fett triefende Cheeseburger und Pommes frites verschlingen würde. »Die Fresshölle«, wie Karin die Kette mit dem goldenen M nannte. Wenn sie nur sehen könnte, wie ihre Kinder gierig das Eis verschlangen und die Finger genüsslich in die Schokoladensauce tauchten! Er würde ihnen alles geben, was Karin ihnen verbot. Auf dem Heimweg in der Untergrundbahn schien es ihm, als drückten sie sich fester an ihn.

Zu Hause warfen die Kinder ihre Regenjacken zu Boden und rannten sofort mit dem Computer ins Wohnzimmer. Mike hängte die Jacken in der Garderobe auf und strich sie glatt. Sie tropften noch vom Regen, und er vergrub sein Gesicht in Taras Jacke. Sie roch nach Untergrundbahn und Regenwetter, und irgendwo darunter roch es nach Kind, nach Unschuld und Vorfreude. Er atmete tief, klammerte sich am Stoff fest, während die Tränen an seinen Wangen herunterliefen. Er hörte ihre Stimmen aus dem Wohnzimmer und wie sie den Computer auspackten, das hastige Zerreißen von Karton und Klebeband. Er hörte das Wort »Daddy«, und für einen Moment glaubte er, sie meinten ihn.

Sophies Sommer

Was sich damals im Sommerhaus der Familie Schmitz ereignete, war für uns alle unbegreiflich, und eigentlich konnte es sich am Ende niemand erklären, woran es lag, dass innerhalb von wenigen Tagen die Familie zerstört war und die Mitglieder sich so fremd wurden, als hätten sie nie etwas miteinander zu tun gehabt.

Clarice, die einzige Tochter von Martin und Sophie Schmitz, war eine jener Bekanntschaften aus frühesten Kindheitstagen. So wie einzelne Sterne erst aus der Distanz von Lichtjahren ein erkennbares Bild ergeben, entwickelte sich diese Freundschaft, die aus unregelmäßigen Begegnungen bestand, über einen längeren Zeitraum zu einem festen Bestandteil in meinem Leben.

Clarice hatte große Augen, die sich, je nachdem wie das Licht auf sie fiel, von grün zu blau verfärbten. Es war, als ob sie jedes meiner Wörter, das ich zu ihr sprach, mit ihren Augen aufsog. Wahrscheinlich liebte ich sie deshalb so sehr, weil sie auf diese besondere Art zuhörte und ganz nebenbei Sätze sagte wie: »Ich kann einsam sein wie ein Mann.«

Wir wohnten als Kinder in derselben Straße, verkleideten uns als Prinzessinnen und spazierten in diesem Aufzug händchenhaltend durch das Viertel. Abwechselnd verbrachten wir das Wochenende in ihrem oder meinem Elternhaus. Clarices Mutter, Sophie, hatte eine kleine helle Stimme. Wenn wir abends nach Kamille duftend aus dem Bad kamen und unter die Bettdecke krochen, stand sie manchmal vor dem Bett, rief ihren Mann herbei, schlug die Hände zusammen und meinte zu ihm, wir würden aussehen wie Schwestern. Tatsächlich aber hatte Clarice braune Locken und ich dunkelblondes glattes Haar. Einmal schnitt ich ihr, zum Zeichen unserer Freundschaft, eine Locke vom Kopf und bewahrte sie in einer Streichholzschachtel auf.

Wir kamen beide in die gleiche Schule, und auf unser Drängen hin sorgten unsere Eltern dafür, dass wir auch in dieselbe Klasse kamen. Ein paar Jahre lang saßen wir nebeneinander auf der Schulbank und schrieben bei den Prüfungen die Fehler voneinander ab. Während des Unterrichts schoben wir uns gefaltete Zettel zu, auf denen wir die Lehrer mit kleinen fiesen Zeichnungen karikierten und uns über sie lustig machten. Schließlich wurden wir getrennt und in zwei Klassen verlegt, weil wir uns, wie es hieß, »negativ beeinflussten«, was zur Folge hatte, dass wir uns weniger sahen.

Doch was unverändert blieb, war die Gewissheit, dass wir uns verstanden, ohne dass wir uns etwas zu verstehen geben mussten.

Mit siebzehn nahm sich Clarice ein kleines Zimmer mitten in der Stadt und arbeitete an den Wochenenden bis zwei Uhr morgens hinter der Theke einer Bar. Damals kauften sich ihre Eltern das Sommerhaus am Meer. Clarice besuchte ihre Eltern nur noch zu festgelegten Zeiten. »Man muss auch die familiären Beziehungen organisieren«, sagte sie zu mir, als sie mir ihren Terminkalender zeigte, in den sie mit Rotstift »Eltern besuchen« eingetragen hatte. Sie besuchte sie zu Ostern und an Weihnachten. Und im Sommer fuhr sie für zwei Wochen in das Haus am Meer. Dann allerdings fuhr sie nie allein, sondern nahm ihren jeweiligen Freund mit. Meistens hörte ich nur noch dann von ihr, wenn gerade wieder eine ihrer zahlreichen Liebschaften in die Brüche gegangen war. Clarice verliebte sich leidenschaftlich gern. Sie trug ihren schönen rundlichen Körper wie ein Geschenk durch die Straßen der Stadt. Einmal rief sie mich mitten in der Nacht an und teilte mir mit dunkler Stimme mit, das einzige Sichere in ihrem Leben seien ihre Eltern und ich. Das war kurz bevor uns das Abiturzeugnis überreicht wurde. Dann verschwand Clarice ins Ausland, und ich habe jahrelang nichts mehr von ihr gehört. Wenige Male traf ich Sophie zufällig an einer Straßenkreuzung oder beim Einkaufen: »Clarice ist jetzt an einer berühmten Schauspielschule«, verkündete sie. Es gehe ihr großartig. Im Sommer dann käme sie wieder ins Ferienhaus, zusammen mit ihrem Freund. Ich richtete Grüße aus. Jedes Mal wenn ich Sophie traf, war ihre kleine helle Stimme noch leiser geworden; ihre Stimme schien Jahr für Jahr zu schrumpfen. Wenn ich mich nach Clarice erkundigte, hauchte sie, ja, sie sehe sie im Sommer, dann käme sie wieder mit Thomas. Die Namen ihrer Freunde wechselten von Thomas zu Paul, über Erich zu Robert. In Gedanken sah ich einen Stuhl am Tisch im Sommerhaus der Familie Schmitz, an dem jedes Jahr ein anderer junger Mann neben Clarice saß.

Jahre später, nach einem kurzen, ungewöhnlich kalten Winter, traf ich Clarice zufällig in einem Kleidergeschäft in der Heimatstadt wieder. Ich suchte etwas, das ich zur Hochzeit einer Bekannten anziehen könnte, und stand gerade in einem feierlich wirkenden, mit Pailletten besetzten Kleid vor dem Spiegel, als sie mir auf die Schulter tippte. Clarices Augen waren noch größer geworden, als ob das Gesehene ihre Pupillen gedehnt hätte. Wir setzten uns in ein Straßencafé und schauten den Menschen nach, die an uns vorbeigingen. Clarice zerstieß mit dem Löffelstiel die Eiswürfel in ihrem Glas, während sie erzählte, dass sie nach einem Zusammenbruch das Schauspielstudium abgebrochen hatte. Von morgens bis abends war sie mit rasendem Herzen kokainverladen herumgerannt. Tagelang hatte sie nichts gegessen, weil sie es vergessen hatte, und eines Morgens war sie dann im Unterricht mitten in einer Probe zusammengebrochen. Jetzt sei sie wieder da, bei ihren Eltern und versuche sich zu entspannen. Es gehe ihr schon wieder besser, sie hätte sich auf der Heimfahrt im Zug in einen Fotografen verliebt. Ich nickte und stieß zur Beglückwünschung mein Glas an das ihre. Noch am selben Abend rief sie mich an und meinte, sie würde in ein paar Tagen wieder in das Sommerhaus fahren, ob ich nicht mitkommen wolle.

Clarice saß am Steuer, und wir sangen laut und falsch die Musik im Radio mit. Ihre Eltern waren schon da, als wir gegen Abend ankamen. Sie standen auf der Veranda und riefen unsere Namen, als wir ihnen durch den Garten entgegenkamen. Sophie klatschte in die Hände und sagte zu ihrem Mann: »Sehen sie nicht wie Schwestern aus?«

Das Sommerhaus war kleiner, als ich es mir vorgestellt hatte. »Es ist ein O. K. Haus«, wie Clarice es ausdrückte. In allen Räumen hatte Sophie Blumen hingestellt. Je nachdem, wo man sich aufhielt, roch es nach Jasmin, Rosen oder Flieder. Im Erdgeschoss gab es eine Küche und ein großes Wohnzimmer. Dort saßen wir bei geöffneter Verandatür und tauschten bis spät in die Nacht Erinnerungen aus. Von weitem hörte man das Meer rauschen. Herr Schmitz legte einen Arm um Sophies Schultern. Er war ein Mann von sechsundfünfzig Jahren, mit dem Stolz und der Zufriedenheit eines Menschen, der für das, was er besaß, gearbeitet hatte. Herr Schmitz reiste während des Jahres geschäftlich so viel herum, dass er sich in den Ferien nicht auch noch bewegen wollte. Den ganzen Tag lag er in einem gelb-weiß gestreiften Liegestuhl im Garten. Die aufgeschlagene Zeitung wie ein Zelt über seinem Gesicht. Wenn Clarice, Sophie und ich am späten Vormittag im Badeanzug durch den Garten an ihm vorbeigingen, hob er den Arm und winkte uns zu. Sein Gesicht blieb unsichtbar unter der Zeitung. Der Strand war nur wenige Minuten vom Haus entfernt. Barfüßig kletterten wir über die Dünen, hinter denen sich das Meer verbarg. Der Tag begann damit, dass wir einander den Rücken mit Sonnenöl eincremten. Ich rieb Clarices Rücken ein, sie meinen und den ihrer Mutter. Aus den Augenwinkeln beobachtete ich genau, wie Clarices Hände mit kreisenden Bewegungen über Sophies Rücken fuhren. All die anderen Frauen, die ich kannte, hatten problematische Beziehungen zu ihren Müttern, die von Hass, Schuld- und Neidgefühlen bestimmt waren und bei denen selbst der Tod der Mutter keine Besänftigung bewirkt hatte. Ich konnte nicht anders, als Clarices Hände auf dem friedlichen Mutterrücken anzustarren.

Abends, wenn wir zurückkehrten, empfing uns Herr Schmitz ausgeruht und gut gelaunt. Er bekochte uns Frauen mit leichten Gerichten, kalten Suppen und Fisch. Er nannte Sophie »Prinzessin« und manchmal, wenn er etwas getrunken hatte, auch »Sweety«, was mich immer peinlich berührte, obwohl die Bezeichnungen zu ihr passten, nur nicht aus seinem Mund. Wir verbrachten ruhige, gleichförmige Tage. Clarice entspannte sich, und ihr Körper wurde braun und wieder rundlicher. Eines Abends klingelte das Telefon, und Clarice blieb eine Stunde weg. Als sie zurückkam, teilte sie fröhlich mit, dass ihr Fotografenfreund auf dem Weg zu uns sei.

Clarice und ich holten Dyke mit dem Auto vom Bahnhof ab. Er stand lächelnd auf dem Bahnsteig, mit dünnen, blond behaarten Beinen. Er hatte seine gesamte Fotoausrüstung bei sich. Auf der Fahrt setzte ich mich auf den Rücksitz, und Dyke schnüffelte in Clarices Locken, atmete übertrieben den Duft ihres Haares ein. Mit großer Selbstverständlichkeit umarmte er zur Begrüßung Clarices Eltern, ging mit ausholenden Schritten durchs Haus, und wie nebenbei schaute er sich alles genau an. Am nächsten Tag packte er seine Fototaschen aus. Die kleinsten Dinge konnten sein Interesse wecken: ein Lichtstrahl, der durch die Verandatür fiel und auf dem Holz des Tisches ein helles Rechteck warf, ein Blütenblatt, Clarices nackter Arm, der von einer Stuhllehne hing. Abends am Strand fotografierte er vorbeiziehende Wolken, die untergehende Sonne, das Meer und die angespülten Muscheln. Schließlich warf er sich auf die Knie und fotografierte die Struktur des Sandes. Clarice, Sophie und ich lachten bei diesem Anblick auf unseren Badetüchern sitzend. Dyke blickte durch das Objektiv, robbte durch den Sand und entdeckte dabei wie zufällig Sophies Füße. Er rief aus, wie wunderbar ihre Füße seien. So klein und rund. Und er bat sie, den Sand durch die Zehen rieseln zu lassen. Sophie wurde rot im Gesicht, strich sich wie ein junges Mädchen linkisch Haarsträhnen aus der Stirn und legte sie hinters Ohr. Sie tat, was Dyke sagte, und er fotografierte begeistert ihre Füße. Während des Abendessens im Garten saßen Dyke und Sophie sich gegenüber, und er beobachtete, wie sie die Gabel zum Mund führte oder wie ihre Hände die Serviette auffalteten. Sophie schien es nicht zu merken, aber Clarice bemerkte es und ging früher zu Bett als sonst. In den folgenden Tagen war Dyke damit beschäftigt, Sophie zu fotografieren. Er begleitete sie zum Strand, wich nicht mehr von ihrer Seite. Nur manchmal fuhr er schnell ins Dorf, um neue Filme zu holen.

Sophies Stimme wurde plötzlich hörbar. Ihr Lachen schwirrte gleich einer unsichtbaren, aber immer und überall präsenten Gestalt durchs Haus. Clarice versuchte, sich nichts anmerken zu lassen, aber ich spürte zum ersten Mal, dass sie Angst hatte. Manchmal blickte sie ihren Vater von der Seite an, als warte sie darauf, dass er etwas sagte. Nur einmal fragte Herr Schmitz Dyke nach dem Abendessen, was er eigentlich mit all den Fotos machen wolle. »Ach, eigentlich nichts«, erwiderte Dyke, »ich übe nur.« Herr Schmitz klopfte ihm auf die Schulter. Etwas zu heftig, um es noch freundschaftlich zu meinen. Aber Dyke ließ sich nichts anmerken, drückte an seiner Kamera herum und begutachtete sie von allen Seiten, wie ein interessantes lebendiges Wesen.

Am Vorabend der Abreise beschloss Sophie, im Garten zu essen, und trug mit Dyke den Tisch nach draußen. Clarice klagte über Kopfschmerzen und verabschiedete sich noch vor dem Nachtisch. Kurz darauf gingen auch Herr Schmitz und ich in unsere Zimmer. Von meinem Schlafzimmerfenster aus konnte ich Sophie und Dyke sehen, zwei Verliebte, die im Licht einer Kerze einander gegenübersaßen. Clarice klopfte an meine Tür. »Ich kann nicht schlafen«, sagte sie und kroch in mein Bett. In embryonaler Krümmung lag sie unter der Decke. »Mach das Fenster zu«, sagte sie kühl, und: »Ich habe es von Anfang an gewusst.«
Nächtelang hatten wir als Kinder schlaflos nebeneinandergelegen, weil wir die Gespenster nicht verpassen wollten, die an uns vorbeischleichen würden, sobald wir die Augen geschlossen hätten.

Noch bevor die Sonne aufgegangen war, stolperte Herr Schmitz ins Zimmer. »Sie sind weg«, sagte er mit erstickter Stimme. Clarice setzte sich unvermittelt auf. Nicht nur ihre Augen waren weit geöffnet, ihr ganzes Gesicht schaute. Es war still im Haus. In der Ferne konnte man die Brandung hören. Clarice schmiss in jedem Zimmer die Blumen fort. Sie knickte die Stängel und rupfte die Blütenköpfe ab. Herr Schmitz schüttelte wie mechanisch den Kopf: »Ist sie denn wahnsinnig, ist sie wahnsinnig geworden?«, sagte er wie zu sich selbst, während er die Sachen, die er am Abend zuvor in den Koffer gelegt hatte, wieder herausnahm und anstarrte, als wüsste er nicht mehr, wohin damit. Ich musste an Clarices Kinderhaar denken, die Locke, die ich irgendwo in einer Streichholzschachtel aufbewahrt hatte. Ich ging zu ihr hin und packte ihren Arm. »Das hat nichts zu bedeuten«, sagte ich unsicher. Clarice blickte kurz auf, und meine Worte verschwanden hinter ihren Augenscheiben im Dunkel.

Auf der Heimfahrt

In Valencia blieb der Wagen stehen. Die Nacht war hereingebrochen, und die Scheinwerfer jagten über den Asphalt, an dem dunkelblauen Buick vorbei, der mitten auf der Straße stand und sich nicht mehr rührte. Tom konnte vom Rücksitz aus sehen, wie ihr Vater verzweifelt versuchte, den Motor wieder anzulassen. Er trat jetzt heftiger auf das Gaspedal, aber der Motor erstarb bei jedem Versuch unter einem immer leiser werdenden Röcheln.

Jane hatte sich hinten im Laderaum des Wagens mit Decken und Kissen einen Schlafplatz eingerichtet. Als sie erwachte, stand ihr halblanges blondes Haar zerwühlt vom Kopf ab. Tom gab ihr mit der Hand ein Zeichen, dass sie weiterschlafen solle, doch Jane dachte nicht daran, kletterte neben ihren Bruder auf den Rücksitz und blickte neugierig aus dem Fenster. Draußen donnerten die Lastwagen dicht an ihnen vorbei, und ihr Wagen schwankte wie ein Boot im Wellengang großer Dampfer.

»Wir müssen den Wagen an den Straßenrand stellen«, rief Vater zu Tom gewandt. Tom stieg nach vorn, setzte sich hinters Lenkrad, und während er auf den rechten Straßenrand zuhielt, schob Vater von hinten den Wagen.

Tom fühlte die Kraft, die er in den Armen brauchte, um das Lenkrad zu halten. Er war froh, dass er Vater jetzt helfen konnte, dass er gebraucht wurde. Während sich seine kleinen Hände um das harte Leder des Lenkrads klammerten, stellte er sich vor, ein Kapitän zu sein, der sein Schiff durch ein Unwetter steuern musste. Das Hupen der vorbeifahrenden Autos waren die Wogen, die sich am Schiffsbug brachen. Er wäre gerne noch lange so am Steuer sitzen geblieben und bedauerte, dass der Wagen sicher am Straßenrand stand und Vater ihn wieder auf den Rücksitz schickte.

Durch die Windschutzscheibe sahen Tom und Jane Vaters Rücken kleiner werden und an der Straßenecke verschwinden. Er wollte eine Telefonkabine suchen und den Abschleppdienst rufen. Der Gehsteig war leer, die Geschäfte alle geschlossen, mit eisernen Rollläden, die bis an den Boden stießen. Um das gelbliche Licht einer Straßenlaterne schwirrten Mücken und Falter. Tom beobachtete, wie einige, die zu nahe ans Licht flogen, an der Glühbirne kleben blieben und verbrannten.

Die Hitze staute sich im Wageninnern, aber Vater hatte ihnen verboten, das Fenster zu öffnen, bevor er wieder zurück war. Jane war inzwischen wieder eingeschlafen. Sie hatte ihren Kopf auf Toms Schulter gelegt, er spürte, wie der Schlaf ihren Körper schwer machte und wie sie langsam von ihm weg zurück in den Sitz rutschte. Tom drückte sich ans Fenster, machte sich so klein wie möglich, damit Jane die ganze Sitzfläche für sich hatte. Er war froh, dass sie schlief und keine Fragen stellte. Manchmal hätte er gern mit jemandem über all die Dinge gesprochen, die ihn verwirrten, aber mit Jane, die vier Jahre jünger war als er, konnte er das nicht. Sie hatte auch in jener Nacht geschlafen. Am Morgen, als sie erwachte, war sie immer noch dieselbe Jane, während Tom wusste, dass sich alles verändert hatte und er nie mehr derselbe sein würde.

Jane wollte das Zelt am Strand direkt am Meer haben. Vater hatte ihr lange erklären müssen, dass das nicht gehe, weil sie sonst von der Flut mitgerissen würden. Jane hatte das schließlich stirnrunzelnd zur Kenntnis genommen, und Vater hatte ihr versprechen müssen, das Zelt so nah am Wasser wie nur irgend möglich aufzustellen. Tom und Vater errichteten das Zelt dann zwischen zwei Zypressen, während Jane vergnügt um sie herumtanzte. Sie drehte sich wild wie ein Kreisel um sich selbst, Tom blickte ihr fasziniert zu. »Sie hat wieder ihren Anfall«, sagte er zu Vater, der stumm lächelte. Jane fiel oft, wenn sie versöhnt war nach einem Streit, in eine Art von Freudentaumel. Sie tanzte dann oder sang laut, nur für sich selbst, als ob sie in sich Schleusen vor Glück öffnen konnte und sich in Rausch versetzen.

Es war ein geräumiges Zelt, in dem alle drei Platz hatten, mit einem Fenster und einem Vordach, unter dem sie einen Klapptisch aufstellten. An diesem Tisch saß Vater den ganzen Tag und schrieb auf lose Blätter, die er abends sorgfältig faltete und in einen Briefumschlag steckte. Tom beobachtete, wie er morgens jeweils den Brief vom Vortag zerriss und wieder von vorn anfing. Abends gingen sie in das Restaurant, das zum Campingplatz gehörte, und setzten sich in den kleinen Garten. Jane, die keine fünf Minuten still sitzen konnte, schüttete gewöhnlich irgendwann während des Essens ihre Cola über den Tisch. Dann ärgerte sich Tom, weil sie immer alle Aufmerksamkeit auf sich zog, und er verstand nicht, warum die Leute ihr trotzdem zulächelten und winkten, obwohl sie doch die Cola verschüttete und den ganzen Tisch verklebte. Wenn Vater besonders gut gelaunt war, gingen sie nach dem Essen noch an der Eisdiele vorbei, die sich in der Nähe ihres Zeltplatzes befand. Dann liefen sie nebeneinander, Jane in der Mitte, jeder versunken sein Eis essend, in stillschweigender Einheit. Einmal kam ihnen auf dem Weg eine junge Frau entgegen, und Tom bemerkte, wie sie mit ihrem Blick schon von weitem Vater fixierte. Als sie auf derselben Höhe waren, lachte sie Vater an und grüßte auf eine Art, die Tom irritierte. In diesem Augenblick musste er an Mutter denken, und er wusste, wenn sie jetzt hier gewesen wäre, hätte die Frau Vater nicht auf diese Weise angeschaut. Tom hätte der Fremden am liebsten ins Gesicht gespuckt. Es war das erste Mal, dass Mutter in den Sommerferien nicht dabei war, in den Wochen, bevor sie weggefahren waren, hatten die lauten, wütenden Stimmen aus dem Elternschlafzimmer ihn mitten in der Nacht aus dem Schlaf gerissen. Tagsüber taten die Eltern so, als ob nichts geschehen wäre, aber Tom entgingen nicht die feindseligen Blicke, die sie sich während des Essens über den Tisch hinweg zuwarfen.

Sobald Tom und Jane im Zelt in ihre Schlafsäcke gekrochen waren, küsste Vater sie auf die Stirn und ging noch mal zum Restaurant zurück, um dort an der Bar allein etwas zu trinken. Jane, die sich tagsüber beim Spielen verausgabt hatte, war jeden Abend so erschöpft, dass sie sofort einschlief. Aber Tom wälzte sich unruhig im Schlafsack hin und her und lauschte den seltsamen Nachtgeräuschen draußen. Dem Rascheln im Gebüsch und dem Gesang der Zikaden, die laut zirpten, als führten sie aufgeregt ein Gespräch, zu dem er keinen Zugang hatte. Manchmal trug der Wind die Stimmen und die Musik aus der Bar bis ans Zelt. Dann musste Tom an Vater denken, dass er jetzt dort war, wo die Musik herkam, und er versuchte sich ihn vorzustellen, wie er mit leicht gebeugtem Oberkörper an der Theke stand und mit jemandem redete, aber er konnte sich ihn nur alleine vorstellen, wie ausgeschnitten aus der Umgebung.

Und dann versuchte er, ihn sich zusammen mit Mutter vorzustellen, wie sie an der Theke standen und aus demselben Glas tranken. Aber aus irgendeinem Grund, den er selbst nicht verstand, löste sich Mutters Gestalt in seinen Gedanken jedes Mal auf.

In jener Nacht kam Vater später zurück als sonst. Tom wachte auf, als er den Eingang zum Zelt öffnete. Im Mondlicht, das durch das Fenster ins Innere fiel, konnte Tom Vaters Umrisse erkennen. Ein scharfer Geruch von Alkohol ging von ihm aus. Er stand mitten im Zelt, ohne sich zu rühren, und starrte auf seine Kinder. Dann drehte er sich abrupt um und ging hinaus. Tom schlüpfte aus dem Schlafsack und blickte ihm nach. Mit schwankenden Schritten schlug Vater den Weg zum Meer ein. Schnell stand Tom auf, verließ, ohne sich etwas anzuziehen, im Pyjama das Zelt. Der Mond schien hell, und Tom folgte Vaters Fußspuren im Sand. Sie führten in einer Schlangenlinie zu den Dünen, hinter denen der flache weite Strand lag. Auf dem Kamm der Düne versteckte sich Tom hinter einem Busch aus Silbergras. Mit beiden Händen schob er das Gras ein wenig auseinander und beobachtete, wie Vater über den Strand direkt aufs Wasser zuging. Das Meer war unruhig in dieser Nacht und schleuderte wie im Zorn seine Wellen an Land. Als Vater mit den Schuhen das Wasser berührte, blieb er kurz stehen und ging dann langsam weiter. Tom sah Vaters Körper, je weiter er ins Meer hineinging, kürzer werden und langsam darin versinken. Er wollte schon hinter dem Gebüsch aufspringen und ihn rufen, als Vater plötzlich wieder auftauchte. Er hatte kehrtgemacht und kam wieder zum Strand zurück. Die triefenden Kleider klebten an seinem Körper, er hielt den Kopf gesenkt, und Tom konnte erkennen, wie er den Mund auf- und zumachte, als würde er etwas vor sich hin murmeln. Dann, mit der Plötzlichkeit eines aufgescheuchten Tieres, sprang er ins Wasser zurück, und diesmal drehte er sich nicht um. Es ging erstaunlich schnell. Tom sah seinen Kopf hinter jeder Welle kleiner werden. Er rannte die Düne hinunter dem Meer entgegen und schrie in das Tosen der Brandung. Doch seine Stimme wurde verschluckt vom Brausen der sich brechenden Wellen. Tom starrte auf die weite, vor ihm liegende dunkle Wasserfläche, die sich hob und senkte, als würde sie beben, aber Vaters Kopf konnte er darin nirgends mehr entdecken. Er wusste nicht, in welche Richtung er laufen sollte, und so rannte er ziellos am Strand hin und her und rief immer lauter aufs Meer hinaus, bis ihm vor Anstrengung schwindlig wurde: Er sah den Mond und die Sterne sich im Wasser spiegeln, in der Gischt zersplittern und sich auflösen. Als folgte er seinen eigenen Rufen, rannte er schließlich ins Meer hinein. Das Wasser klatschte ihm wie eine unwirsche kalte Hand ins Gesicht. Eine Welle hob ihn auf, als wäre sein Körper ohne Gewicht, und trug ihn ein paar Meter vorwärts. Er wollte rufen, stattdessen schluckte er Wasser und ruderte wild mit den Armen, er fühlte, wie die Nässe den Stoff seines Pyjamas schwer machte.

Tom konnte immer noch stehen, als er hinter einer Welle etwas Weißes aufblitzen sah. Es war Vaters Arm, der näher kam. Tom kletterte rasch aus dem Wasser, er wusste nicht, ob Vater ihn bemerkt hatte, wie er die Düne hinauf, zurück hinter das Gebüsch rannte. Er spürte das Herz bis in seinen Hals schlagen und warf sich erschöpft auf den Sand. Er steckte den Kopf zwischen die salzigen Knie und wollte weinen, aber er zitterte nur und biss sich ins Handgelenk. Vater lag, beide Arme zur Seite gestreckt, mit dem Gesicht nach unten am Strand. Tom erkannte einen von Vaters Schuhen im Wasser. Er wusste nicht, wie lange er so dagesessen hatte, bevor er ins Zelt zurückkehrte. Aber eine ganze Weile hatte er seine Zähne ins Handgelenk gebohrt, um sich zu beruhigen, und auf Vaters Schuh gestarrt, den die Wellen in regelmäßigem Rhythmus mit sich forttrugen und wieder anspülten.

Als Tom am nächsten Morgen erwachte, stand die Sonne bereits im Zenit. Sein Handgelenk schmerzte, er hatte es sich blutig gebissen. Durch das Zeltfenster sah er Vater, der wie immer unter dem Vordach am Tisch saß, den Kopf in die Hand gestützt hielt und schrieb.
Sie redeten nicht über das Geschehene, und Tom war überzeugt, dass Vater ihn gar nicht gesehen hatte. Er trug das Geheimnis in sich, als etwas, das ihn schwerer und einsamer machte. Nachdem er aufgestanden war, ging er mit Jane zum Schwimmen ans Meer hinunter. Er konnte die Stelle nicht wiederfinden, der Strand war überfüllt mit Menschen. Das Salzwasser brannte in seiner Wunde. Als Jane neugierig fragte, was er denn da am Handgelenk habe, erzählte er ihr von Monstern, die nachts ins Zelt gekrochen wären und ihn gebissen hätten, aber glücklicherweise hätte er sie vertreiben können, bevor sie sich auch an ihr zu schaffen machten. Jane kreischte fröhlich auf: »Du Lügner, du Lügner!« Tom hätte ihr fast den Kopf unter Wasser gedrückt oder ihr den Mund zugehalten. »Sei still. Sei nur still«, sagte er böse. Erschrocken über seine Reaktion, stieg Jane aus dem Wasser und mischte sich unter eine Gruppe von Kindern, die gerade an einer Sandburg bauten.
Tom schwamm auf dem Rücken und blickte in den Himmel. Das Geschrei am Ufer lag weit hinter ihm. Während er mit kräftigen Ruderbewegungen das Wasser um sich verdrängte, musste er an Mutter denken, und dass sie, wenn sie nach Hause zurückkehrten, vielleicht schon fort wäre.

Jane lag jetzt zusammengerollt auf dem Rücksitz. Tom hatte die Decke aus dem Laderaum geholt und über sie gelegt. Er nahm ihre schlafende Hand in die seine. Heute Morgen, kurz bevor sie abfahren wollten, war sie noch einmal zum Strand hinuntergerannt. In einem kleinen Korb sammelte sie Muscheln, die die Wellen ans Ufer gespült hatten. Als sie zurückkam, teilte sie fröhlich mit, dass sie den Korb mit den Muscheln Mutter mitbringen wolle. Darauf riss Vater ihr den Korb aus der Hand und packte ihn schnell in einen Koffer.
Tom hatte die Augen schon geschlossen und war gerade dabei einzuschlafen, als er Vaters Stimme hörte. Er kam mit einem Mechaniker zurück, der einen Werkzeugkasten bei sich trug. Tom stieg aus dem Wagen, und gemeinsam mit Vater sah er dem Mann zu, der unter der Motorhaube mit Schraubenschlüsseln hantierte. Es war jetzt ein wenig kühler geworden, Vater legte den Arm um Toms Schulter. Kurz darauf ließ der Mechaniker die Motorhaube zufallen. Endlich konnten sie weiterfahren.
Als Vater sich hinters Steuer setzte, fragte er Tom, ob er nach vorn kommen wolle. Es war das erste Mal, dass Vater ihm anbot, im Auto neben ihm zu sitzen. »Morgen früh sind wir zu Hause«, sagte Vater, ohne ihn anzuschauen. Sie fuhren durch die Nacht, und Tom fixierte die beiden weißen Lichtkegel, die die Scheinwerfer in der Dunkelheit auf den Boden warfen.

Autos kamen ihnen entgegen, die kurz aus dem Dunkel auftauchten und wieder verschwanden. Hinter sich hörte er leise Jane im Schlaf murmeln. Morgen früh sind wir zu Hause, dachte Tom, und obwohl ihm vor Müdigkeit die Augen zufallen wollten, nahm er sich vor, nicht einzuschlafen, wach neben seinem Vater sitzen zu bleiben, so lange, bis sie da waren.

Ein Fest für Aimée

Im Halbdunkel des Kinderzimmers bewegen sich zwei Schatten aufeinander zu. Im Bett liegend, hat Aimée ihre Arme hoch in die Luft gestreckt und stellt sich vor, ihre Hände seien zwei sich bekämpfende Tiere. Zwei Finger klappen auseinander und werfen den Schatten eines riesenhaften, sich öffnenden Rachens an die Wand.

Aimée lässt ihre Hände auf die Decke zurückfallen. Ohne den Kopf zu wenden, erkennt sie im Augenwinkel plötzlich die große, schwere Gestalt. Edith Bischoff hatte die Tür lautlos geöffnet und war unbemerkt ins Zimmer gekommen. Aimée zieht die Decke hoch bis ans Kinn. Als sich Edith Bischoff zum Gutenachtkuss über sie neigt und ihre warmen, harten Lippen Aimées Stirn berühren, dreht sie sich stumm zur Wand. Edith Bischoff macht einen Schritt vom Bett zurück und lächelt gequält auf das Kind herab. Es sind erst drei Wochen vergangen, seit sie aus dem Heim hierhergebracht wurde. In Edith Bischoffs Haus. In diese nach Sicherheit riechende Festung.

»Wo ist Max?«, kommt Aimées Stimme gedämpft unter der Decke hervor.

Edith Bischoff blickt auf den kleinen, zusammengerollten Körper, der unter der Decke atmet, und plötzlich scheinen die aufgedruckten Schlümpfe auf der Kinderbettdecke höhnisch zu lachen, und ein tiefsitzender Groll beginnt, sich wie etwas Lebendiges in ihr zu regen.

Sie muss an Max denken, den Onkel, bei dem Aimée aufgewachsen ist. Wie man ihr im Heim mitgeteilt hatte, war Aimée fünf Jahre alt gewesen, als ihre Eltern bei einem Autounfall ums Leben gekommen waren. Der Bruder ihres Vaters, Onkel Max, hatte sich bereit erklärt, für Aimée zu sorgen. Drei Jahre war sie bei ihm geblieben, dann hatte die Vormundschaftsbehörde ihn für nicht erziehungsberechtigt erklärt und Aimée ins Heim gebracht. Edith Bischoff wusste über ihn nicht mehr, als dass er ein Trinker war und Aimée immer wieder wochenlang unentschuldigt in der Schule gefehlt hatte. Sie denkt mit Bitterkeit an diesen Mann, der in ihren Gedanken eine diffuse Gestalt annimmt, die sie abstößt und ihr Furcht einflößt.

»Wo ist Max?«, kommt es jetzt drängender, und der Körper unter der Decke scheint sich bei der Frage ein wenig aufzubäumen.

»Schlaf jetzt«, sagt Edith Bischoff ungeduldig und löscht das Licht.

Als Aimée zu Onkel Max kam, hatte er keine Arbeit. Einmal in der Woche nahm er sie an die Hand, und sie gingen gemeinsam zum Arbeitsamt. Schon von weitem sah Aimée, wie vor dem großen Gebäude die Menschen zusammenliefen. Sobald sie den Warteraum betraten, zückte Onkel Max die gelbe Stempelkarte aus der Manteltasche und hielt sie wie ein Schild vor sich. Schweigend stellten sie sich in die Reihe. Es drängten immer mehr Leute hinein als hinausgingen. Die Leute blickten mit zunehmend resigniertem Ausdruck auf die Uhr.

Eine an der Decke hängende defekte Neonröhre machte in unregelmäßigen Abständen ein helles röchelndes Geräusch. Niemand redete, nur ein paar Frauen tuschelten hinter vorgehaltener Hand. Wenn dann über dem Türrahmen die Nummer und das Schild »Eintreten« aufleuchteten, ging Onkel Max hinein, und Aimée wartete in einem der orangefarbenen Plastikstühle. Sie saß mit geradem Rücken da und konzentrierte sich auf einen Punkt am Boden oder an der Wand. Manchmal beugte sich eine der Frauen zu ihr hinunter, um ihr ein Stück Schokolade oder eine kleine bunte Süßigkeit zuzustecken, und lächelte dann ein nach innen gekehrtes Lächeln, als hätte sie etwas Verbotenes getan.

Kaum draußen, begann Onkel Max lauthals zu fluchen, weil er wieder keine Arbeit bekommen hatte, und die Jungen, die beim Eingang standen und selber keine Stelle bekommen hatten, sahen ihnen spöttisch nach. Im Zorn drückte Onkel Max Aimées Hand noch fester. Sie nickte unablässig, während Onkel Max schimpfte, wenn sie so, wie Verbündete, nach vorn gebeugt heimwärts eilten.

In den darauf folgenden Nächten, wenn Onkel Max spät nach Hause torkelte, kam er manchmal nicht bis zur Wohnungstür, sondern brach vorher im Flur zusammen. Aimée, die wachgelegen und auf ihn gewartet hatte, stürzte dann hinaus, brachte ihm Wasser, zupfte sein vom Kopf abstehendes Haar zurecht und redete auf ihn ein. Aber meistens schlief er schon fest, den Kopf auf dem Ellbogen, und stand erst wieder auf, als es Morgen wurde, kurz bevor die ersten Leute, die zur Arbeit mussten, die Treppe runterkamen.

Einmal hatte Onkel Max abends das Zimmer verdunkelt und ihr das Schattenspiel gezeigt. Er konnte mit seinen Händen alle Tiere an die Wand zaubern. Flugsaurier und kleine Vögel durchkreuzten dann die weiße Zimmerwand. Wenn sich das Scheinwerferlicht eines Autos auf der Wand abzeichnete, mussten die Schattentiere flüchten.
»Wen das Licht trifft, ist tot«, sagte Onkel Max. Am Ende formte er mit beiden Händen einen meterhohen Rachen und fraß unter dem protestierenden Gekreische von Aimée ihre beiden kleinen Schattentiere auf.

Als Aimée schulpflichtig wurde, brachte Onkel Max sie eines Morgens zu einem roten Backsteingebäude. Hunderte von Kindern drängten sich, links und rechts von ihren Eltern flankiert, durch eine messingbeschlagene Flügeltür. Drinnen verteilten sie sich in den Klassenzimmern.
Aimée wurde ein Platz am Fenster in der hinteren Reihe zugeteilt. Ein fremdes Mädchen mit wippenden dunklen Zöpfen kam von ihren Eltern begleitet und legte ihre Sachen neben Aimée auf den leeren Stuhl. Die Eltern drückten und küssten sie lange zum Abschied. Kaum dass sie sich gesetzt hatte, nahm sie ein Lineal aus der Tasche und legte es in die Mitte des Tisches.
»Hier ist die Wand«, sagte sie, und: »Bleib auf deiner Seite.«
Am nächsten Morgen baute sie mit den Schulbüchern und der Begründung »Meine Eltern sagen, dein Onkel

ist ein besoffener Spinner« eine unübersehbare Grenze in die Tischmitte.

In derselben Woche wurde Aimée auf dem Heimweg von drei älteren Mädchen in ein nahe liegendes Gebüsch gezerrt. Die eine drückte ihr die Arme auf den Rücken, die andere hielt ihr die Nase zu, und bevor sie losschreien konnte, stopfte ihr die dritte den Mund mit der schwarzen torfigen Erde zu, die sie schnell vom Boden gekratzt hatte.

Am nächsten Tag schloss sich Aimée in der Pause auf der Toilette ein. Kaum hatte sie die Tür von innen verriegelt, hörte sie die Stimme ihrer Banknachbarin und deutliche Schritte mehrerer Mädchen. »Wo hat sich der Abschaum denn versteckt? Komm schon her!« Sie öffneten eine Kabine nach der anderen, dass die Türen gegen die Wand schlugen: »Wir haben mit dir zu reden.«

»Was wollt ihr?«

Aber sie waren bereits auf der anderen Seite hochgeklettert und beugten sich von oben über die Wand. Aimée stand unten wie in einer Grube, und alle spuckten gleichzeitig auf Kommando los. Aimée versuchte, an den herunterhängenden dunklen Zöpfen zu ziehen, als eine Faust wie ein harter Gegenstand auf ihren Kopf niederfuhr.

Sie kletterten herüber, leerten ihre Schultasche auf dem Boden aus und rannten mit dem Geld, das ihr Onkel Max für den Notfall mitgegeben hatte, fort. Während Aimée die Bücher und Hefte einsammelte, kam ihr dieser Angriff wie etwas Unausweichliches vor, und sie

ahnte schon die zukünftigen, die sich gewissenhaft und in immer neuen Ausformungen wiederholen würden.
Von da an schlug Aimée morgens die entgegengesetzte Richtung ein. Am Rande der Stadt, auf einer stillgelegten Baustelle, entdeckte sie einen Bretterverschlag. Dort hockte sie sich hinein und versteckte sich. Wenn es regnete, tropfte es durch die schmalen Bretterritzen, und sie drückte sich in eine Ecke, wo es trocken war, und beobachtete, wie sich das feucht werdende Holz langsam dunkel färbte.
Sobald die Glocken einer nahen Kirche Mittag schlugen, kroch sie aus dem Versteck heraus und ging nach Hause.
Ein paar Wochen später, Aimée saß am Tisch und zeichnete gerade Raubtiere auf große Blätter, klingelte es, und zwei fremde Frauen kamen herein. Während sie leise und bestimmt auf Onkel Max einredeten, schauten sie sich die Wohnung an und öffneten jede Tür. Unter den lauten Flüchen von Onkel Max packten sie Aimées Sachen zusammen, und eine halbe Stunde später fuhren sie mit ihr weg.

Im Heim wurde das Essen in einem Untergeschoss mit langen Holzbänken eingenommen. Der Reihe nach wurde jedem Kind das Essen in den Teller geschöpft. Beim Anblick der Speisen auf dem Teller und dem Gedanken, dass dies alles in ihrem Mund verschwinden sollte, verkrampfte sich Aimées Magen. Sie kaute auf einem Stück Fleisch herum, und als weigerte es sich, hinuntergeschluckt zu werden, behielt sie es im Mund, bis es faserig wurde und zerfiel. Aimée hörte auf, Nahrung zu sich zu nehmen, und verteilte ihr Essen an die Tischnachbarinnen, die es dankbar hungrig verschlangen.

Erleichtert sah sie den Mäulern zu, die für sie ihr Essen kauten. Nach einigen Tagen sah sie beim Duschen die Hüftknochen unter der Haut durchschimmern. Aimée stellte sich vor, dass sie unter der Haut aus Glas sei und ihre Knochen etwas Helles und Durchsichtiges sein müssten. Aimée schwebte durch die Gänge. Nachts lachte sie im Schlaf auf, wie nach einem entscheidenden Sieg.

Als sie eines frühen Morgens im Unterricht an die Wandtafel gerufen wurde, schien ihr das Kratzen der Kreide auf dem Schiefer einen unerträglichen Lärm zu machen, und als sie sich erschreckt vom Schmerz umdrehte, wogte die Klasse im Kriegsgeheul mit erhobenen Fäusten auf sie zu.

Als Aimée wieder aufwachte, lag sie in einem Krankenbett. Eifrig wurden Löffel an ihren Mund geschoben. Doch die Suppenteller, Tassen und Gabeln zogen vor ihren zusammengepressten Lippen erfolglos wieder ab. Sie fragte die Ärzte und Krankenschwestern nach Onkel Max, aber als sie keine Antwort bekam, hörte sie auch auf zu fragen.

Während die flüssige Nahrung durch Infusionsschläuche in ihren Körper strömte, verdunkelte sich Aimées Blick, und ihre Hände ballten sich unter der Decke zu kleinen, harten Fäusten. Es kam ihr vor, als ob man sie im ganzen Zimmer verteilte. Die Infusionsflasche hing wie ein Organ neben ihrem Bett, die Kanülen pulsierten wie die peinigende Verlängerung ihrer Blutbahnen Tag und Nacht neben ihrem Körper.

Ende September hatte man für Aimée eine Pflegemutter gefunden. Unter der unerbittlichen Pflege von Edith Bischoff wurde Aimée in nur wenigen Wochen mit Vitaminpräparaten wieder aufgebaut. Jeden Morgen stellte Edith Bischoff ein ganzes Arsenal von Pillendosen und Fläschchen auf den Tisch, und die erste halbe Stunde des Tages verstrich mit dem qualvollen Einnehmen von Pillen und Tropfen.

Bereits wenige Tage nachdem Aimée in Edith Bischoffs Haus eingezogen war, kamen Briefe von Onkel Max. Aber Edith Bischoff ignorierte die flehenden Briefe, in denen er bat, Aimée besuchen zu dürfen. Der verzweifelte Ton darin berührte sie unangenehm, und sie warf sie weg, ohne zu antworten.

Immer wieder fragte Aimée nach ihm, aber Edith Bischoff sagte, sie kenne keinen Max. Ohnehin würde sie ihn bald vergessen haben. Schließlich hatte Edith Bischoff für alles gesorgt. Auch für Freunde. Zehn Kinder aus der Nachbarschaft hatte sie zu Aimées Geburtstagsfest eingeladen.

Mit heimlicher Freude steckt Edith Bischoff acht Kerzen in die noch warme Geburtstagstorte und trägt sie ins Esszimmer. Girlanden, die sie in mühsamer Arbeit aufgehängt hatte, schmücken in farbigen Bögen das Zimmer. Seit Aimée im Haus ist, sinkt sie abends in einen festen, gesättigten Schlaf, denn den ganzen Tag über arbeitet sie an Aimées Liebe und dem Aufbau ihres Körpers, ernst und kraftraubend, wie man in einem Bergwerk arbeitet.

Das schwache und abgemagerte Kind hatte ihr Gefühle entlockt, und das Suppenkochen, Tropfenabzählen, In-die-Sonne-Hinaustragen, das dauernde Nahrunghineinschütten kommt ihr zielgerichtet und einfach vor. Es scheint ihr, sie höre ihre eigenen Schritte im Haus plötzlich deutlicher und ginge mit größerer Sicherheit durch die Räume, als würden sie durch ihre Anwesenheit kleiner.

Das blaue Seidenpapier knistert unter Aimées Fingern. Ihr Blick war gleich auf dem geheimnisvoll runden Paket haftengeblieben. In den Sekunden, während sie es öffnet, sieht sie all die Spielsachen vor sich, die sie in den Schaufensterauslagen mit Onkel Max bewundert hatte und die er ihr nicht hatte kaufen können.

Lange und verständnislos blickt Aimée auf den Keramikteller, auf dessen Boden Initialen gemalt sind. Edith Bischoff lacht begeistert auf, nimmt den Teller und trägt das Geschenk in die Küche.

Den ganzen Vormittag klingelt es, fremde Kinder strömen in Zweier- und Dreiergruppen ins Haus herein und versammeln sich unter den Girlanden.

Als ein Junge anfängt, Tischtücher und leinene Servietten aus einer Schublade zu zupfen, folgen ihm die anderen, öffnen die Schubladen und ziehen alles heraus. Aus den Servietten werden Fluggeschosse, die quer durchs Zimmer fliegen und ein paar Girlanden niederreißen.

Edith Bischoff indes geht mit großzügigem Blick im Haus herum. »Das ist eine Wolke«, sagt ein kleiner Junge und setzt sich in die Mitte eines Tischtuches, das er auf dem Boden ausgebreitet hat: »Wer mitfliegen will, muss jetzt aufsteigen.«

Aber die anderen lachen, bewerfen ihn mit ihren Geschossen und stellen sich in einem Kreis um die Torte. Edith Bischoff hat ein Messer gebracht, um sie anzuschneiden.

Ein plötzliches Poltern, als sei etwas Schweres gegen die Tür gestoßen, lässt alle zusammenzucken. Noch bevor Edith Bischoff die Tür ganz geöffnet hat, wankt Onkel Max an ihr vorbei ins Zimmer. In der Hand hält er ein hölzernes Schaukelpferd. Er hebt es, in der Luft hin und her wippend, hoch und ruft mit der heiseren Stimme eines völlig Betrunkenen: »Wo ist das Geburtstagskind?«

Der kleine Junge auf dem Tischtuch springt auf und eilt zu den anderen.

Onkel Max steht mit suchendem Blick im Zimmer, als sich Edith Bischoff ihm in den Weg stellt.

»Gehen Sie! Verlassen Sie auf der Stelle mein Haus.« Sie will es schreien, aber etwas hat ihrer Stimme die Kraft genommen, so dass es wie eine Bitte klingt.

Die hölzernen Kufen des Schaukelpferdes wie Spieße gegen sie gerichtet, drängt er sich an ihr vorbei.

Die Kinder haben sich am Treppenabsatz zusammengerottet, mit verängstigt erwartungsvollen Gesichtern. Einige halten sich bereit, die Hände schon am Geländer, in den oberen Stock zu flüchten. Langsam stolpernd geht Onkel Max auf Aimée zu, als Edith Bischoff ihn am Arm packt, um ihn fortzuziehen. Sie ist überrascht, wie widerstandslos er sich, durch das Gewicht des Schaukelpferdes zur Seite geneigt, nach draußen führen lässt. Durch seine Schwäche ermuntert, stößt Edith Bischoff ihn mit einer letzten fortjagenden Bewegung über die Schwelle. Rasch schließt Edith Bischoff die Tür ab und eilt mit siegessicher ausgestreckten Armen auf Aimée zu. In der festen Umklammerung blickt Aimée zur Tür.

»Wo bist du? Komm doch endlich«, hört sie Onkel Max wie verwundert und mit heller werdender Stimme rufen.

Die Fähre

Cora packt hastig ihre Windjacke vom Kleiderhaken und eilt nahe der Wand entlang zur Schulhaustreppe, wo sich Hunderte von schreienden und sich stoßenden Kindern wie durch einen Trichter zum Ausgang drängen. Im wilden Durcheinander, den Kopf gesenkt, als erwarte sie Schläge, zwängt sich Cora zwischen den Kindern hindurch auf den Schulhof. Das Geschrei der sich keilenden und Fußtritte austeilenden Schüler hinter sich lassend, nimmt sie mit kleinen schnellen Schritten den Heimweg über die Rheinpromenade.
Vor wenigen Tagen hat man ihre ältere Schwester Lore beerdigt, weil sie, so hatten die Eltern es Cora erzählt, eine hohe Mauer hinuntergefallen war und sich beim Sturz das Genick gebrochen hatte. Seither liegen ihre Eltern in schwarze Kleider gehüllt zu Hause auf dem Sofa mit enttäuschtem, abgewandtem Blick. Zweimal am Tag geht die Mutter ans Telefon, um den Kurierdienst anzurufen, der das Essen für Cora bringt.

Lore ist damals immer stummer geworden. Jeder Tag schien ihr mit kaltschnäuziger Geste eine neue Falte ins Gesicht zu graben. Einmal war Cora zielstrebig und ohne anzuklopfen in Lores Zimmer getreten, hatte sich ganz nah vor sie hingestellt – sie reichte Lore, die zehn Jahre älter war, bis zum Bauch –, hatte zu ihr hochgeblickt und mit dem ganzen Ernst, den ein siebenjähri-

ges Mädchen aufbringen kann, gefragt, warum sie denn nicht mehr reden wolle.
Lore hatte ihren Pullover hochgezogen, über Coras Kopf gestülpt und sie mit beiden Händen fest an sich gedrückt. Cora atmete die heiße Luft unter dem Strickpullover, und durch die Maschen sah sie Lores Notenständer zusammengeklappt an der Wand stehen und die Violine verstaut im blauen Samt des geöffneten Geigenkastens.
»Gehst du fort?«, kam Coras überraschte Stimme unter dem Pullover hervor.
Aber Lore drückte ihre Hände nur noch fester an Coras Körper, so dass sie in der heißen Luft zu ersticken drohte und sich aus der Umklammerung riss.

Als man Cora ein paar Tage später schließlich zum Sarg führte, damit sie sich von ihrer Schwester verabschiedete, blickte sie ungläubig und fasziniert auf Lores Kopf, der geschminkt und wie ein Schmuckstück auf ein seidenes Kissen gebettet war. Cora beugte sich über sie und stellte sich vor, wie die Wörter wie Lebewesen in Lores weiß gepudertem Hals stecken bleiben, im Dunkeln ihrer Halsröhre, und nicht weiterkommen aus ihrem Mund hinaus ans Licht. Aber tot war Lore doch deshalb noch lange nicht, und Cora wollte sie schon hinter dem Ohr kitzeln, um eine Reaktion zu provozieren, als ihr aus der Tiefe des Sarges dieser trostlos fremde Geruch entgegenschlug. Sie war entsetzt aus dem Raum gerannt und hatte Mutter die ganze Zeit am Ärmel gezupft und gerufen: »Aber das da drin kann nicht Lore sein!«

Schon seit Wochen scheint die Sonne, ohne zu wärmen, von einem festgefrorenen blauen Himmel herab auf die Stadt. Cora hat die Hände in die Taschen gesteckt und zu kleinen Fäusten geballt. In der Luft liegt Schneegeruch. Der Uferweg ist mit quadratischen Steinen gepflastert, und Cora überspringt immer ein Quadrat, hüpft mehr, als dass sie geht, und sie denkt sich, links und rechts des Quadrates sei ein Abgrund; und so setzt sie den Fuß immer in die Mitte, überspringt wieder ein Quadrat, setzt den anderen Fuß auf, immer weiter, mit gesenktem Kopf, den Blick konzentriert auf diese Quadrate gerichtet, auf die kleinen Felder sicheren Bodens.
Der Wind trägt eine Handvoll braunschwarze, von der Kälte aufgerollte Kastanienblätter aus dem Unterholz auf den Weg. Mit einem trockenen Geräusch kullern sie die Böschung hinunter ins Wasser. Cora verfolgt mit den Augen ein Blatt, wie es, ein winziges Schiff, den Strom hinuntertreibt und jäh unter einer Uferwelle verschwindet.
Cora bleibt unvermittelt stehen; die Fähre schlägt wie mit einem tiefen Glockenschlag an den Bootssteg, und etwa ein Dutzend Leute steigen in Mäntel gehüllt heraus. Dahinter, auf der gegenüberliegenden Seite des Ufers, ragen über dem alten Mauerwerk die Münstertürme auf. Noch höher als die Türme ist das Riesenrad, das alljährlich um diese Zeit auf dem Münsterplatz aufgebaut wird. Im blendend grellen Herbstlicht zeichnen sich die Silhouetten der Leute ab, die in den Gondeln sitzen und von hoch oben über die Stadt blicken. An den Stahlverstrebungen des Riesenrads leuchten die

Lämpchen vergeblich gegen das Tageslicht zu einer bunten Sonne auf.

Der Fährmann wartet, an den Bootssteg gelehnt, auf Fahrgäste, die nicht kommen, während Cora über den Rhein blickt, die grüne Schneise, die sie vom anderen Flussufer und von den Leuten trennt, die dort oben in den Gondeln sitzen. Kurz entschlossen betritt Cora das Fährendeck und setzt sich auf die schmale seitliche Holzbank. Mit einem Ruck stößt der Fährmann vom Ufer ab.

Drinnen in der Kabine legt er hastig das Ruder um, und das an einem über den Rhein gespannten Drahtseilkabel gehalterte Fährseil steigt tropfend aus dem Wasser. Dort, wo die grauen Pfeiler der Mittleren Brücke umspült werden, hat sich eine dunkelgrüne, glitschige Algenschicht gebildet. Das Wasser hat sich vom Ufer der Kleinstadtseite zurückgezogen, und die Wasserpflanzen, die sonst wie Haare im Fluss schweben, liegen angeklebt und trocken auf den Steinen. An einigen Stellen haben sich auf den Deckplanken der Fähre schwarze langgezogene Flecken gebildet, dort, wo das Wasser am Holz nagt und es morsch macht. Cora lauscht dem knarrenden Geräusch alten Holzes, während die Strömung die schräggestellte Fähre langsam und zögerlich über den Fluss schiebt.

Cora beugt sich über die Brüstung, um die Hand ins Wasser zu halten, so wie sie es immer zusammen mit Lore gemacht hatte. Sie hatten sich dabei vorgestellt, Wasserwesen würden sie an der Hand hinabziehen und in ihr unheimliches Reich holen. Lore hatte Geschichten von Fischmenschen erzählt, die unten auf dem Grund des Rheins wohnen, in einer Stadt, gebaut aus Sand und Fischknochen. Aber jetzt schaut Cora stumpf auf ihre Hand, die Kälte des Wassers kriecht den Arm hinauf, und nichts geschieht, sosehr sie sich auch an Lores Worte und die aufgeregte Stimmung von damals zu erinnern versucht. Sie öffnet und schließt die Hand, als wolle sie das Wasser fangen. Ruckartig zieht sie die Hand zurück und steckt sie beschämt und nass in die Manteltasche zurück.

Aus dem Innern der Kabine ruft ihr der Fährmann zu:

»Komm doch rein, willst du da draußen erfrieren?«

Durch die kleine Schwingtür tritt Cora in die Fährkabine. Zwischen den zwei an der Wand befestigten Holzbänken steht ein kleiner Ofen, und in seinem Innern knackt die Wärme, die sich bis in die Ecken hinein ausgebreitet hat. Der Fährmann sitzt neben dem Ruder vor dem Fenster, von wo aus er den Steg beobachten kann.

»Da stehen wieder eine Menge Leute«, sagt er wie zu sich selbst, holt eine Orange aus der Tiefe seiner Manteltasche, beginnt sie, das Steuerruder unter den Arm eingeklemmt, zu schälen und die kleinen Schnitze nacheinander in den Mund zu stecken.

Die Schalen lässt er auf den Ofen fallen, und Cora schaut zu, wie sie sich in der Hitze zu krümmen beginnen.

»Gehst du ganz alleine auf die Messe?«, fragt der Fährmann neugierig.

»Nein, Lore wartet drüben. Wir gehen zusammen hin, wie jedes Jahr.«

»Wer ist Lore?«
»Meine Schwester, wer sonst«, sagt Cora ungeduldig.
Der Fährmann nickt, betrachtet von allen Seiten den letzten Orangenschnitz zwischen seinen dicken, kurzen Fingern, bevor er ihn in den Mund steckt.
»Vor kurzem hat sich eine junge Frau da runtergestürzt.« Er zeigt aus dem Fenster auf die alte Pfalzmauer, eine rote, düstere Steinwand.
»Ich habe gerade angelegt, da sah ich, wie sie über die Mauer sprang. Der Körper prallte auf, dann war es still, und nichts rührte sich mehr.«
Der Fährmann kreist mit einer Hand über die Brust, als hätte er dort einen lästigen Schmerz wegzuwischen. Nach einer Pause fährt er fort:
»Kurz darauf fuhr ein Krankenwagen über die Brücke, die Leute auf der Messe rannten eilig zur Mauer, um zu sehen, was passiert war. Ich sah nur die Reihe nach vorn gebeugter Köpfe, als würden sie über die Mauer in eine Grube schauen. Einige rannten die Treppe hinunter. Es ging alles sehr schnell. Zwei Männer haben die Frau auf einer Bahre unter einer Wolldecke weggetragen, und eine Viertelstunde später waren alle Menschen wieder fort.«
Die erhitzten Orangenschalen liegen eingerollt auf dem Ofen, der Geruch von Tanne und Zitrone liegt in der Luft.
Cora trommelt mit den Fingern auf ihren Knien herum: »Aber sie ist tot?«
Der Fährmann lacht auf und schlägt sich mit der Hand auf den Schenkel: »Was glaubst du denn, was passiert,

wenn man eine fünfzehn Meter hohe Mauer runterstürzt?! Natürlich ist sie tot«, schnaubt er wütend, mit der einen Hand fest das Ruder haltend.
Cora starrt auf die Knöchel seiner Hand, kleine rote Hügel. Die Fähre neigt sich in der kraftlosen Strömung kaum merklich zur Seite.
»Du lügst, niemals kann das Mädchen tot sein. Es schläft nur, weil es müde ist«, erwidert Cora und erhebt sich von der Holzbank.
Der Fährmann schaut sie eine Weile schweigend an. Cora kehrt ihm den Rücken zu, um nach draußen zu gehen, als er sie, plötzlich hinter ihr stehend, anfaucht, als hätte er nicht ein kleines Mädchen, sondern ein ganzes Bataillon von Feinden in die Flucht zu schlagen:
»Ich habe mich lediglich darum zu kümmern, dass das Seil nicht reißt!«
Draußen auf dem Deck blickt Cora den wartenden Leuten entgegen, die sich auf dem Bootssteg versammelt haben. Kleine Kinder sitzen auf den Schultern ihrer Väter, triumphierend Ballons in die Luft haltend. Delphine und Krokodile schweben an den Schnüren.
Die Gesichter der Leute auf dem Steg und die alte Pfalzmauer dahinter rücken näher. Die Fähre schlägt mit einem tiefen Glockenschlag an den Steg. Ohne sich nochmals nach dem Fährmann umzublicken, steigt Cora zwischen den Leuten hindurch die Treppe zum Münsterplatz hoch. Immer lauter wird das Kreischen der Kinder, die auf dem Kettenkarussell durch die Luft geschleudert werden. Ihr vergnügtes Kreischen vermischt sich mit den schnellen dunklen Bässen der Mu-

sik und den harschen Stimmen aus den Lautsprechern. Cora stellt sich vor das Riesenrad hin, eine aufblinkende eiserne Sonne.
Mit einer Metallstange wird die Gondel verriegelt, Coras Füße baumeln über dem Profilboden, und langsam hebt das drehende Rad Cora in die Höhe.
Zuerst über die Messebuden und über die Kronen der Kastanien, über die Dächer der Häuser, hinaus über die Münsterturmspitzen, und immer weiter wird der Blick freigelegt über die Stadt und das hügelige Land dahinter.

Coras Blick schweift über das gegenüberliegende Flussufer, sie erkennt das Schulhaus, hinter dem sich das steil ansteigende Gebirge der chemischen Fabriken erhebt. Dazwischen liegt das Elternhaus. Durch die Fenster leuchtet eine vorwurfsvolle Helligkeit. Seit Cora sich erinnern kann, war es im Haus still gewesen. Das Schweigen kam aus den Wänden und aus den Gesichtern der Eltern. Dann hatte Mutter Lore die Violine geschenkt, und sie wiederholte das Wort »Rampenlicht« täglich beim Essen. Lore spielte Violine, als wollte sie damit ins Schweigen hineinbohren. Wenn Lore übte, hockte sich Cora mit Vorliebe auf die Türschwelle und blickte in Lores konzentriertes, ernstes Gesicht. Sie schickte die Musik wie ein großes Geschenk ins ferne Zimmer der Eltern. Mutter schleppte eifrig Lehrer und Notenbücher heran. Eines Tages hatte Lore unter dem verständnislosen Protest der Mutter den Notenständer zusammengeklappt und an die Wand gelehnt. Mutters zornige Rufe zerschellten an Lores verriegelter Zimmertür. Schließlich hatte sie mit der Begründung, »Wer nicht arbeiten will, braucht auch kein Licht!«, in einer raschen Aktion die Lampe aus Lores Zimmer weggeschafft und beim Essen das Licht so gedreht, dass Lore am Ende des Tisches im Dunkeln saß. Monatelang hatte Mutter energisch an den Lampen gedreht, Birnen ein- und ausgeschraubt, so dass im ganzen Haus die Wege Lores mit Schatten bedeckt waren.

Die Gondel mit Cora bleibt pendelnd im Zenit der Riesenradsonne stehen. Die Fähre ist jetzt in der Mitte des Flusses angelangt, ein winziges Boot, und die Leute, die auf dem Vordeck wie Trauernde sitzen, scheinen zu winken.

Spätestens morgen

Es war der Sommer, als John F. Kennedy jr. mit seiner Frau auf dem Weg zu einer Hochzeit in seinem Privatflugzeug auf der Höhe der Martha's-Vineyard-Inseln in den Atlantischen Ozean stürzte. Es war ungewöhnlich heiß, und für Wochen war der Himmel über Manhattan wolkenlos. Als ich an jenem Morgen erwachte, war das Bett leer und die Decke neben mir zurückgeschlagen. Nur Pauls Hund Lucy, ein weißer Scotchterrier, lag in der Bettfalte und schlief. Am Anfang war ich dankbar gewesen, dass Lucy sich jeden Abend in die Bettfalte legte; der Hund zwischen uns markierte eine Art Trennwand. In den ersten Nächten konnte ich die Augen erst schließen, wenn Paul eingeschlafen war. Ich konnte sehen, wenn er schlief, an der regelmäßigen Auf-und-ab-Bewegung seines Bauches und an seinem weit geöffneten Mund. Er schlief meistens auf dem Rücken. Manchmal war sein Atem so flach, dass sich sein Bauch nicht zu bewegen schien. Dann sah er aus wie tot. In der Dunkelheit starrte ich dorthin, wo sein Bauch eine Wölbung in der Decke formte, und nach ein paar Minuten, in denen er sich nicht regte, richtete ich mich auf und wollte ihn mit der Hand berühren, um zu sehen, ob er noch lebte, aber dann fing Paul plötzlich an zu schnarchen oder zuckte mit den Zehen, und ich konnte mich beruhigt auf meine Seite drehen und einschlafen.

Wenn wir ausgingen, musterte er mich manchmal mit zusammengekniffenen Augen von oben bis unten und machte ein Kompliment wie: »Nicht schlecht« und drehte sich dann um. Paul war fünfundfünfzig Jahre alt und, wie er selbst sagte, bis zum Hals in einer um zehn Jahre verspäteten Midlife-Crisis.
Sein Loft hatte eine breite Glasfront, von wo aus man den Hudson River und in der Mitte die Freiheitsstatue sehen konnte. Am Abend tauchte die untergehende Sonne den Horizont in ein tiefes Rot. »Was will man mehr, als mitten in Manhattan zu leben und eine solche Aussicht zu haben!«, sagte Paul dann und warf Eiswürfel ins Glas. Pünktlich um sechs Uhr abends machte sich Paul einen Drink. Seine Stimme wurde fester, und sobald die Sonne untergegangen war, schien er um Jahre jünger. Es war, als ob Paul im unscharfen Licht der Nacht aufatmete.

Ich hatte Paul zufällig auf der Vernissage einer Fotoausstellung getroffen. Es gab so viele Leute in der Galerie, dass man sich kaum bewegen konnte. Andauernd wurde mir ein Ellbogen in die Seite gestoßen, oder es stand jemand auf meinen Füßen herum. Ich suchte den Ausgang, weil ich nach draußen an die frische Luft wollte, als plötzlich jemand seine Hand auf meine Schulter legte. »Was machst du denn hier?«, sagte ein fremder Mann in überraschtem, aber vertrautem Ton, wie man jemanden anspricht, den man schon lange kennt und nach ein paar Jahren plötzlich wiedertrifft. Ich blickte in sein großes sonnengebräuntes Gesicht. Tatsächlich war ich diesem Menschen nie zuvor begegnet. »Was machst du denn hier?«, sagte er wieder. Seine linke Augenbraue war nach oben gezogen, und sein ganzes Gesicht schien zu fragen. Ich zuckte mit den Schultern. Die Augenbraue senkte sich, und in einem spontanen Ansturm von Zuneigung legte er seine Arme um mich und drückte mich fest an sich. Mein Kopf versank in seiner frisch gewaschenen und nach Stärke riechenden Leinenjacke. »Wie gut, dich zu sehen!«

Ich glaubte, dass er mich verwechselte, aber ließ mir nichts anmerken. Paul war groß und breit, und niemand trat zu nahe an ihn heran. An seiner Seite konnte ich in Ruhe die Bilder der Ausstellung anschauen. Eine Fotografie zeigte die Rückenansicht eines nackten jungen Paares; das Paar saß dicht nebeneinander, als würde es frieren, mit nassen, noch tropfenden Haaren an einem Pool. An der Farbe des Himmels konnte man sehen, dass die Sonne gerade untergegangen und das Wasser kalt war. Gleich würde das Paar aufstehen, sich anziehen und nach Hause gehen. Es war der kurze drohende Moment, die Sekunden, in denen sich eine angenehme und heitere Stimmung in ihr Gegenteil verkehrte. Paul schaute abwechselnd auf mich und auf das Bild. Dann drückte er mir seine Visitenkarte in die Hand. »Melde dich!«, rief er noch und verschwand in der Menge; in der willkürlichen Art eines Großstadtmenschen, der in der Lage ist, einen ohne ersichtlichen Grund zu umarmen und einem dann, von einer Sekunde auf die andere, den Rücken zu kehren.

Zwei Wochen später musste ich aus meiner Wohnung in der Thompson Street ausziehen. Ich hatte bereits eine neue Wohnung gefunden, die aber erst vier Wochen später bezugsbereit sein würde. Ich plante, für diese Zeit ein Zimmer in einem kleinen Hotel downtown zu beziehen. Pauls Nummer fiel mir zufällig beim Packen in die Hände. Ich wollte die zerknitterte Visitenkarte schon wegwerfen, aber wählte stattdessen die Nummer.

Er hatte die vertraute Stimme eines alten Freundes. Wir telefonierten, während ich meine Sachen in den Koffer verstaute. Ich dachte, dass er einen Scherz machte, als er sagte, ich würde besser bei ihm einziehen, als in einem Hotel zu wohnen, da ich eventuell sein Leben retten könne. Er behauptete, mir in einem früheren Leben schon einmal begegnet zu sein. »Du bist der einzige Mensch, der mir helfen kann«, sagte er, »das wusste ich sofort, als ich dich zum ersten Mal sah.« Worin die Hilfe bestand, vermochte er nicht zu sagen. Ich überlegte, ob er verrückt war. Vielleicht war er ein Wahnsinniger, vielleicht telefonierte ich mit einem Mörder. Aber die Neugierde war größer als die Angst, und am nächsten Morgen stand ich mit meinem Koffer vor seiner Tür.

Das Loft befand sich im fünften Stock eines Apartmenthauses an der South End Avenue, an der südlichen Spitze von Manhattan. Ich trat in den hellsten Raum, den ich je gesehen hatte. Die Sonne schien direkt durch die große Glasfront herein. Eine Treppe führte auf die Galerie, in deren Mitte ein riesiges Bett stand. Auf beiden Seiten gab es ein Badezimmer. »Du schläfst auf der rechten Seite. Du hast ein eigenes Badezimmer, und du kannst hier bleiben, solange du willst«, sagte er und drückte mir einen Schlüssel in die Hand. Das Loft war aufgeräumt, aber in der nachlässigen Art von jemandem, der zu lange alleine gewohnt hat. Über dem Bett erkannte ich das Foto des frierenden Paares am Pool. »Ich ging an dem Abend noch einmal in die Galerie zurück und habe das Bild gekauft«, erklärte er und nahm dabei wie entschuldigend die Hände hoch. Ich begriff, dass Paul weder ein Wahnsinniger noch ein Mörder war, aber tödlich einsam.

Paul wollte keinen Mietanteil. Sogar um den Hund musste ich mich nicht kümmern. Er setzte Lucy jeweils am Sonntagabend in ein Taxi und schickte ihn zur Madison Avenue, zu seiner Exfreundin Melissa. Am Freitagmorgen wartete Paul dann vor dem Haus auf das Taxi, das Lucy wieder zurückbrachte. Melissa hatte Paul den Hund geschenkt, kurz bevor sie sich von ihm getrennt hatte. Aber beide hingen gleichermaßen an dem Tier und schickten es abwechselnd den Broadway rauf und runter.

Manchmal steckte eine Notiz unter seinem Halsband. Sachliche Informationen, die den Hund betrafen, wie: »Lucy braucht dringend einen Spaziergang!«

An jenem Morgen war es noch wärmer als sonst. Die Klimaanlage funktionierte nicht mehr, und die Sonne brannte schon in den frühen Morgenstunden durch das Fenster herein. Lucy ließ die Zunge aus dem Mund hängen. Paul kam mit der Zeitung zurück, die von John F. Kennedy jr.s Unfall berichtete. Die Zeitung sprach von einem Fluch, der schon seit Jahrzehnten über der Kennedy-Familie schwebte. Paul stützte den Kopf in die Hände. Er habe genug, sagte er plötzlich. Er habe alles gemacht: die ganze Welt bereist, Millionen gewonnen und Millionen verloren, dreimal geheiratet und sich dreimal scheiden lassen, und das Beste an allem waren die Kinder, sagte er, aber jetzt wolle er sterben. Es klang flehend wie eine Bitte. Ich klopfte ihm auf die Schulter. »Klar«, sagte ich. »Aber heute fahren wir ans Meer.«

Der Zug nach Coney Island roch nach Donuts und Turnschuhen. Lucy hechelte, und ich besprühte Paul und den Hund ununterbrochen mit dem Wasser aus meinem Evian-Spray, wie zwei Pflanzen, die kurz vor dem Verdorren waren. Er schwieg die ganze Fahrt. Ich zupfte ihn am Ärmel, als wir aussteigen mussten. Ich atmete die salzige Luft. Das Meer war still. Ein paar Kinder rannten kreischend am Strand herum. Der Vergnügungspark von Coney Island war geschlossen. Ich hatte mir vorgestellt, mit Paul in einem Roller-Coaster zu sitzen, der plötzlich aus schwindelerregender Höhe in die Tiefe stürzte. Das riesige rostige Gerüst des Cyclone ragte in den blauen Himmel. Es sah aus, als könnte es jeden Moment in sich zusammenbrechen. Wir spazierten den Strand entlang. Am Ende eines Bootsstegs setzten wir uns, und ich ließ die nackten Füße ins Wasser hängen. Über uns bevölkerten Helikopter wie riesige prähistorische Vögel den Himmel.

»Sie suchen die Leichen«, sagte Paul, »man hat die Kennedys noch nicht gefunden.« Die Luft flimmerte am Horizont.

»Wahrscheinlich werden die Leichen in den nächsten Tagen irgendwo angespült«, sagte ich. Paul lachte laut aufs Meer hinaus, als wäre dies völlig unmöglich. Der Taxifahrer, der uns nach Manhattan zurückbrachte, fuhr in Tribeca an dem Haus vorbei, in dem John F. Kennedy jr. gelebt hatte. Ich wäre lieber nach Hause gegangen, aber Paul wollte aussteigen. Der Eingang des Hauses war abgesperrt. Man hatte Blumensträuße, Kränze und Bilder vor die Absperrung gelegt. Hunderte von Blumen lagen, in Cellophan verpackt, auf dem Gehsteig. Lucy schnüffelte mit wedelndem Schwanz daran herum. Paul setzte sich auf den Randstein. Der süßliche Geruch der Pflanzen stieg von dem heißen Asphalt auf. Eine Fliege setzte sich in Pauls Haar. Sein weißes Hemd war durchgeschwitzt und klebte an seiner Brust. Er blickte den Taxis nach, die in Herden an uns vorbeifuhren. Ich hatte noch Sand in den Schuhen. Ich zog die Schuhe aus, und der Sand rieselte heraus. Menschen kamen vorbei und legten noch mehr Blumen auf den Gehsteig.

Ein kleiner Junge legte eine Zeichnung hin, er hatte einen Helikopter in einem Sturm gezeichnet. Er ging auf Paul zu. »Ich habe die Helikopter gesehen«, sagte er und deutete mit dem Finger in den Himmel. »Ein ganzer Schwarm«, fügte er hinzu. »Mein Vater hat gesagt, sie werden die Leichen nicht finden.« Paul blickte auf. »Natürlich werden sie sie finden!«, schrie er plötzlich den Jungen an, als würde sein Leben davon abhängen. Der Junge streckte Paul unbeeindruckt seine Hand hin, damit er aufstand. »Sie werden die Leichen finden!«, sagte er und packte wie verzweifelt die Hand des Kindes. »Spätestens morgen.«

Der Flug des Kondors

Den ganzen Tag hatte es geregnet. Erst in den letzten Nachmittagsstunden war die Sonne durch die Wolkenmassen gebrochen und stand jetzt leuchtend in einem kleinen blauen Hof am Himmel. Der Käfig stand im Schatten von vier Kastanienbäumen; mit der Zeit war das Gitter rostig geworden, und der Käfig wirkte verwahrlost und wie ein Fremdkörper am Rande des Waldes. Der beißende Geruch schlecht gehaltener Tiere, der vom Käfig ausging, vermischte sich im Sommer mit dem Geruch von Raps und warmer Erde.

Seit Stunden schlief der Kondor in der gedeckten Ecke des Käfigs, während die Papageien, in Gruppen versammelt, lauernd auf den Astbäumen hockten, als warteten sie auf ein Signal. Sobald sich der Kondor aufrichtete, flatterten sie auf und flogen, eine rotgrüngelbe Wolke, laut kreischend durch das Gehege. Einige Papageien verloren dabei Federn, die sich im Gitter verfingen oder auf den Boden segelten. Ruckartig, mit einem hinkenden Bein, steuerte der Kondor den Rest des Kadavers an, der ihm wie jeden Tag von einem Wärter in den Käfig geworfen worden war. Mit dem Schnabel zupfte und riss er daran, bis sein Kopf im offenen rohen Fleisch versank. Nachdem er die Beute verzehrt hatte, erreichte er, mit nur einem Flügelschlag, wieder seinen Ast, und die Papageien rückten gurrend und sich aufplusternd zur Seite. Der Kondor begann sein Gefieder zu putzen, indem er Feder für Feder durch den Schnabel zog; und als er fertig war, blieb er auf dem Ast sitzen, reglos wie träumend.

Der Feldweg, der vom angrenzenden Wald zum Käfig führte, war vom Regen aufgeweicht, und das Paar suchte, den Blick auf den Boden gerichtet, nach trockenen Stellen.

»Warum mussten wir nur herkommen?«, sagte die junge Frau und sprang hinter ihm über eine Wasserlache.

»Wenn ich mich schon von ihm nicht verabschieden kann, will ich wenigstens unseren Ort noch einmal sehen, den Ort, an dem wir uns jahrelang getroffen haben, Elena.«

Das Paar setzte sich auf eine Bank vor dem Gehege. Elena wandte sich vom Käfig ab und blickte, den Kopf auf seine Schulter gelehnt, auf den schmalen Waldstrich zurück, aus dem sie gekommen waren. Hinter den Baumwipfeln ragten die Kamine und Hochhäuser der Stadt empor.

»Hier war unser Versteck«, sagte er und hielt inne. Er fühlte die Last ihres Kopfes auf seiner Schulter und richtete den Blick auf den Kondor, als brauche er zum Reden jemanden, den er ansehen konnte. »Hierher flüchteten wir uns nach der Schule. Wir haben über den Kondor gelacht, weil er immerzu gegen das Gitter flog und von den Papageien angegriffen wurde. Wenn der Kondor schlief, war er unsere Zielscheibe, und wir haben Steinchen nach ihm geworfen. Irgendwann rechneten wir zum Spaß aus, wie viele Quadratmeter Flugraum dem Vogel eigentlich zur Verfügung stehen. Aber er nahm es plötzlich ernst und fand, es sei tödlich wenig. Dann kam er auf die Idee, den Vogel freizulassen. Mit einer Drahtschere wollte er das Gitter aufschneiden. Er war wie besessen davon, den Kondor zu befreien. Erst als er dann dich kennengelernt hat ...«

Sie winkte harsch ab. »Phil, wenn wir schon unbedingt hierherkommen mussten, kannst du nicht wenigstens aufhören, von ihm zu reden? Ich habe mit ihm abgeschlossen«, sagte Elena, blickte in Richtung Stadt, sah, wie die Rauchsäulen aus den Kaminen aufstiegen und für Sekunden Schatten an die Hochhäuser warfen, bis der Rauch sich auflöste.

»Wo hast du den Abschiedsbrief eigentlich ...«

»... gut sichtbar auf den Küchentisch gelegt«, fiel sie ihm ins Wort. Dann schwiegen sie, nur die Papageien stießen von Zeit zu Zeit ihre kurzen schrillen Schreie aus.

»Er wird diesen Brief wochenlang mit sich herumtragen und ihn noch lesen, wenn wir schon längst fort sind. Er wird es nie begreifen können, dass ich mit dir weggegangen bin«, sagte Phil nach einer Weile und zog eine Zigarette aus der Brusttasche.

In Gedanken sah Elena den vom vielen Lesen verknitterten, schmutzig gewordenen Briefbogen. »Er wird uns verachten«, erwiderte Elena kühl, »und den Brief überall herumzeigen.«

Phil beobachtete, wie oben auf dem Ast der alte Kondor seinen Kopf unter den Flügel schob. Niemand wird je kommen, den Kondor freizulassen. Er wird hier in diesem Käfig sterben, dachte Phil. Die Klarheit dieser Tatsache erschreckte ihn.

»Ich glaube, er hat es geahnt«, sagte Elena plötzlich und sah die Sonne hinter den Wolken verschwinden wie ein sich langsam schließendes Auge.

»Nein. Wie kannst du so etwas sagen. Er hätte nie erwartet, dass du ihn verlassen könntest. Schon gar nicht mit mir«, erwiderte Phil aufgebracht, »außerdem wart ihr so gut wie verheiratet.« Elenas Kopf fühlte sich plötzlich schwer an auf seiner Schulter, und er wünschte, sie würde ihn hochheben.

»Bereust du es?«, fragte er schließlich und schnippte mit Daumen und Zeigefinger den glühenden Zigarettenstummel wie ein Geschoss ins nahe Gebüsch.

Im Käfig pickte ein Papagei mit seinem harten Schnabel auf den zerrupften Kondor ein, der es nicht zu bemerken schien. »Morgen, wenn wir im Flugzeug sind, werde ich glücklich sein«, sagte sie entschlossen, hob den Kopf von seiner Schulter und wandte sich dem Käfig zu.

In der Dämmerung bildete das Paar vor dem Gitter eine kleine dunkle Silhouette. Elena sah erschreckt den großen schwarzen Vogel an, dessen Anwesenheit sie erst jetzt bemerkte. Er hatte inzwischen die Schwingen, zwei riesige Arme, ausgebreitet, und an den Flügelspitzen zitterten die Federn wie angespannte gespreizte Finger. Der Kondor streckte seinen dünnen, verletzlich wirkenden Hals in die Höhe. Für Sekunden streifte Elena seinen kahlen, fast menschlichen Blick. Sie fuhr auf, und wie um sich vor einem Angriff zu schützen, machte sie einen Schritt zurück, als der Kondor zu seinem Flug gegen das Gitter startete.

Die Schatten von Pudong

Als Ginza frühmorgens aus dem Haus trat, war der Himmel über Schanghai noch klar. Sonntag für Sonntag führte Ginza Touristen durch die Stadt. An diesem Morgen hatte sie sich etwas verspätet und musste sich beeilen, wenn sie pünktlich vor dem Peace Hotel sein wollte, wo sie von der Reisegruppe erwartet wurde. Das Herumführen von Touristen war nur einer der Jobs, den sie ausübte, um sich die winzige Wohnung mit ihren beiden Freundinnen Aya und Muto leisten zu können. Alle drei arbeiteten sie neben dem Fremdsprachenstudium, damit sie nicht wie die anderen Studenten auf dem Universitätsgelände wohnen mussten. Ihre Kolleginnen, die auf dem Campus lebten, teilten sich zu acht ein Zimmer und wurden dauernd beaufsichtigt. Den Studenten war es verboten, außerhalb des Geländes zu wohnen, aber die drei jungen Frauen fanden immer wieder Wege, die Gesetze und Regeln, die ihr Leben einschränkten, zu umgehen.

Um die Wohnung finanzieren zu können, arbeiteten sie bis spät in der Nacht in Bars oder führten in Restaurants die Gäste zu ihren Tischen. In ihrer Freizeit gingen die drei Frauen selten allein aus, meistens traf man sie zu dritt an. Sie wussten, dass das Leben, so wie sie es führten, nur möglich war, weil sie zusammen eine Gemeinschaft bildeten, weil sie einander beistanden und sich halfen. Sie lebten in einer tiefen, unvermeidlichen Abhängigkeit, und vielleicht auch deshalb sorgten sie fast ängstlich füreinander und hüteten ihre Freundschaft wie etwas Seltenes oder Gefährdetes, das es zu schützen galt. Sie kamen oft erst nach Mitternacht von der Arbeit nach Hause, dann trafen sie sich in der Küche, setzten sich an den Tisch und schmiedeten Pläne.

Wenn in der Stadt kurz nach der Sperrstunde die Lichter in den Häusern allmählich gelöscht wurden, war das kleine Rechteck ihres Küchenfensters noch bis in den frühen Morgen hinein erleuchtet. Sie redeten über ihre Zukunft und davon, dass sie China verlassen wollten. Auf dem Küchentisch breiteten sie eine Weltkarte aus und steckten ihre Köpfe zusammen. Die Lampe über ihnen warf einen Kegel aus Licht auf den Tisch, genau dort, wo sich ihre Oberkörper über die Weltkarte beugten. Ginza fuhr mit dem Stift über die Karte, um an den Ortsnamen, die ihnen vielversprechend erschienen, ein kleines rotes Kreuz anzubringen. Während dieser Sitzungen tranken sie literweise rauchigen Tee. Immer wieder stand Aya auf, um frischen zu machen, und das Geräusch des kochenden Wassers vermischte sich mit ihren Stimmen. Sie sagten die Ortsnamen laut und gedehnt vor sich hin, als prüften sie den Klang. Denn es war der Klang des Wortes, der entschied, welche Orte in Frage kamen und welche nicht. Sie riefen Städtenamen, die Namen von Flüssen, Seen, Bergketten und Inselgruppen durcheinander, gestikulierten mit den Händen vor Aufregung und wurden still, wenn ihnen plötzlich klar wurde, wo sie waren, und dass es ihnen noch lange nicht möglich sein würde, aus Schanghai herauszukommen.

Aber jedes Mal, wenn sie so zusammensaßen, wurde ihr Wille größer, wie etwas, das sie härter und stärker machte. Sie teilten ihr Vorhaben wie ein wertvolles Geheimnis. Sie dachten daran und tauschten verschwörerische Blicke, wenn sie sich mit den anderen Studenten auf dem Rasen des Sportplatzes versammelten, auf dem pünktlich um acht Uhr morgens die Nationalfahne gehisst wurde. Zu einer lauten Musik und der Stimme des Sportlehrers mussten sie dann alle ihre Beine und Arme in die gleiche Richtung strecken, als wären sie nicht viele verschiedene, sondern ein einziger großer Körper.

Ginza eilte über den Markt zur Busstation. Wenn sie frühmorgens mit nüchternem Magen über den Markt ging und all die unterschiedlichen Gerüche einatmete, überfiel sie immer eine leichte Übelkeit. In Plastikbecken schwammen Meerestiere, frisch gefangene Fische hingen an Haken, glitzerten metallisch im Morgenlicht. Es roch nach dem heißen Öl der Garküchen, die gefüllte Teigtaschen anboten. Zum Frühstück kaufte sich Ginza immer bei einem alten Mann einen mit Zucker überzogenen Granatapfel. Sie kämpfte sich in den Bus, drinnen war es heiß, weil die Lüftung nicht funktionierte, und die Menschen schubsten einander mit ernsten Gesichtern zur Seite; aber für Ginza war es wie ein Spiel. Sie ruderte mit den Ellbogen und ergatterte einen Fensterplatz. Erleichtert ließ sie sich in den Sitz fallen. Sie rollte den Granatapfel im Mund, bis sich der süße, hart gewordene Zucker auflöste, und biss in das weiche Fruchtfleisch. Die Fahrt ins Stadtzentrum zum Bund dauerte mindestens eine Stunde, und sobald sich der Bus in Bewegung setzte, schlossen jene, die einen Sitzplatz hatten, die Augen. Sie lehnten sich in ihren Sitzen zurück, und ihre Köpfe wackelten hin und her, als hätten sie keine Kraft, wie die Köpfe von Säuglingen, die noch keinen Halt haben. Einige schliefen auch im Stehen. Der Bus war so voll, dass die Körper einander stützten und niemand sich bewegen oder hinfallen konnte. Eingeklemmt zwischen Lastwagen kam der Bus nur langsam voran. Ginza blickte durch das staubige Fenster; sie konnte Hunderte von Menschen sehen, die sich auf schwarzen Fahrrädern zwischen den stehenden Wagen hindurchschlängelten. Auf den Kreuzungen kamen die Fahrräder aus allen Richtungen und fuhren frontal aufeinander zu. Erst im letzten Moment rissen die Fahrer den Lenker herum und wichen einander um Haaresbreite aus. Ginza wartete aufgeregt auf den Augenblick, an dem der Huangpu-Fluss sichtbar wurde. Er war die Schneise, die die Stadt teilte. Niemand kannte die Stadt so gut wie Ginza. Sie kannte alle Viertel und Straßen, und manchmal dachte sie, dass sie in der Stadt umherging wie in einem Körper, der langsam wuchs und dessen Anatomie sich täglich veränderte. Schon seit einiger Zeit beobachtete sie neugierig und fasziniert, wie sich der Stadtteil Pudong auf der anderen Seite des Huangpu-Flusses in eine eigene Stadt verwandelte. Abgetrennt durch den Fluss, schien dort allmählich ein neuer Körper zu entstehen. Die Straßen, die gebaut wurden, und Hochhäuser, die Woche für Woche neu hinzukamen, waren erst das Skelett. Immer wieder schoss ein neues Gebäude in die Höhe. Aber es gab, außer den Bauarbeitern, kaum Menschen dort, und die neu errichteten Gebäude standen fast alle leer. Nachts blieb es dunkel in Pudong. Die beiden kugelförmigen Space Cabins des Fernsehturms, in denen sich ein Hotel und ein Restaurant befanden und die durch einen gläsernen Lift miteinander in Verbindung standen, leuchteten nachts wie zwei kleine Planeten.

Das Jinmao Building war soeben fertiggestellt und eingeweiht worden. Wochenlang hatte man es im Fernsehen als den höchsten Wolkenkratzer Chinas präsentiert. Aber auch dieser stand leer, nur vom 55. bis zum 88. Stockwerk war ein Hotel eingerichtet worden. In der Dunkelheit leuchtete die Spitze des Turms wie ein schwebendes, leuchtendes Dreieck auf einer schwarzen Säule. Die Menschen blickten mit einem Ausdruck von Befremden auf Pudong, das einst eines der größten Elendsviertel gewesen und dann dem Erdboden gleichgemacht worden war. Ginza hätte die Leute gern nach Pudong geführt, zu den neuen Gebäuden und zu den Baustellen, die so groß waren wie Fußballfelder. Aber die Touristen wollten davon nichts wissen und immer nur zu denselben alten Orten gebracht werden, zu den Sehenswürdigkeiten, die sie aus ihren Reiseführern schon kannten und die ihnen vertraut waren.
Die Sonne war jetzt nur noch schemenhaft am gelblichen Himmel zu erkennen. Der warme Dunst der Stadt wurde stündlich dichter. Der Bus fuhr unter einer Hochstraße durch, die von schmalen Betonsäulen getragen wurde, und Ginza musste dabei immer an magere Beine

denken, auf denen ein viel zu schwerer Körper lastete. Die Hochstraßen wanden sich wie Adern durch die Stadt, und nachts wurden sie von den Scheinwerfern der Autos in blitzendes gelbes, rotes und blaues Licht getaucht.

Ginza stieg dort aus, wo der Bund anfing und sich mit seinen prachtvollen Fassaden gen Norden zog. Die alten Gebäude blickten über den Fluss hinweg auf das neue Pudong, das auf bedrohliche Weise wuchs und immer größere Schatten warf. Der Bund wirkte mit seinen Gebäuden aus dem 19. Jahrhundert dadurch noch zerbrechlicher, und manchmal verspürte Ginza für diesen Stadtteil, der aus einer längst vergangenen Zeit zu kommen schien, fast Mitleid. Ginza bog rasch in die Nanjing-Lu-Straße; schon von weitem konnte sie das spitz zulaufende grüne Dach des Peace Hotels erkennen. Vor dem Eingang erwartete sie bereits ihre kleine Reisegruppe.

An diesem Sonntag bestand die Gruppe aus einem englischen Ehepaar und einer Familie aus Deutschland mit zwei Jungen, die zwischen acht und zehn Jahre alt waren und sich ununterbrochen stritten. Ginza führte ihre Gruppen immer in der gleichen Reihenfolge zu den Sehenswürdigkeiten und erzählte dazu auf Englisch die immer gleichen Geschichten. Das englische Ehepaar lauschte ihr mit wissend verschränkten Armen, während die deutsche Mutter mit grober Hand abwechselnd die Schultern einer ihrer Söhne packte und sie zurechtwies, sie sollten doch endlich der Reiseführerin zuhören. Ihr Mann ging immer etwas abseits, als wolle er vermeiden, dass man ihn mit seiner Frau und seinen Kindern in Verbindung bringe. Er trug eine kleine Videokamera bei sich, starrte von oben durch die schwarze Okularmuschel, ohne je den Blick zu heben, so, als wolle er darin versinken. Jedes Detail, auf das Ginza hinwies, nahm er auf. Nicht einmal auf dem Weg zwischen den Sehenswürdigkeiten hielt er inne. Scheinbar ziellos schwenkte er mit der Kamera über die Straße, hielt die Menschen fest, die ihm entgegenkamen, und manchmal nahm er auch Ginza ins Visier und das englische Ehepaar. Nur seine Familie filmte er nicht.

Immer wenn sich Ginza vor eine der Sehenswürdigkeiten stellte und Jahreszahlen repetierte, blickte sie der englische Ehemann skeptisch an, den Kopf ein wenig zur Seite geneigt, als zweifle er an der Richtigkeit ihrer Erklärungen. Ginza kannte diesen ungläubigen Ausdruck in den Augen ihrer Zuhörer, schon oft hatte sie bemerkt, dass es die Männer, die dreißig oder vierzig Jahre älter waren als sie, nervös machte, wenn sie ihnen etwas erzählte, von dem sie noch nichts wussten. Manchmal fielen sie ihr auch ins Wort und erzählten dann ihrerseits, was sie alles über China gelesen hatten. Ginza ließ das gewöhnlich schmunzelnd und freundlich nickend über sich ergehen. Nur einmal hatte sie die Führung vollständig an einen kleinen, etwa fünfzigjährigen Mann verloren.

Sie hatte schon von Beginn an beobachtet, wie er mit lauerndem Gesichtsausdruck ein paar Meter hinter der Gruppe herging. Als sie schließlich das Schanghai-Museum betraten und sie die Gruppe zu der Ausstellung mit den Jadebuddha-Figuren führte, für die das Museum berühmt war, machte er einen plötzlichen Schritt nach vorn, so dass er neben Ginza vor der Gruppe stand, und erhob seine Stimme. Irritiert und überrascht hörten ihm alle zu. Mit empörter und zugleich verbitterter Stimme sprach er davon, dass alles, was sie hier sahen, nichts anderes sei als ein läppisches Überbleibsel von dem, was eine zerstörerische kommunistische Regierung während fünfzig Jahren alles vernichtet habe. Darüber würde man in diesem hübsch herausgeputzten Museum nichts erfahren. Auch nichts darüber, dass sich sämtliche Kulturgüter Chinas in Taiwan befänden, wohin sie Chiang Kai-shek gerettet hätte; Schanghai sei in Wahrheit nichts anderes als ein übler Moloch. Er steigerte sich dabei immer mehr hinein, fuchtelte mit den Händen wie mit kleinen, aber wirkungsvollen Waffen durch die Luft und blickte, während er sprach, von Zeit zu Zeit zu Ginza hinüber, als wäre sie persönlich für all das mitverantwortlich. Lächerlich sei es, was sie hier besichtigten, er wies mit der Hand auf eine der Vitrinen, in denen ein winziger Jadebuddha saß. »Ist das alles?«, rief er zornig. »Fünftausend Jahre Geschichte, und dann das!« Daraufhin starrten alle plötzlich auf den Jadebuddha, der klein und grün in der alarmgesicherten Vitrine saß.

Der Mann wischte sich mit einem Taschentuch den Schweiß aus dem Gesicht. Er wollte schon wieder zu sprechen beginnen. Mit Schrecken bemerkte er dann aber, wie die Aufseher miteinander flüsterten und mit dem Finger auf ihn zeigten. Abrupt machte er auf dem

Absatz kehrt und ging schnell zwischen den Vitrinen hindurch zum Ausgang. Ginza hatte danach kaum mehr sprechen können. Eine Weile stand sie nur da, ohne ein Wort zu sagen, bis sie merkte, dass sich alle Augen auf sie richteten. Eigentlich hatte sie erzählen wollen, dass der Buddha deshalb so dick war, weil er die Weisheit im Bauch habe. Er sei immer lächelnd dargestellt, weil er die Gesetze des Lebens durchschaut habe und ihn nichts mehr aus der Ruhe bringen könne. Er antworte auf alles nur noch mit einem Lächeln. Nach diesem Vorfall fühlte sich Ginza nicht mehr imstande, dies dem Publikum mitzuteilen, das vor ihr stand und sie unsicher anstarrte. Stattdessen erklärte sie die Führung für beendet und ging nach Hause. Sie fühlte die strengen Blicke der Aufseher im Rücken, bis sie das Gebäude verlassen hatte und außer Sichtweite war. In jener Nacht hatte sie nicht schlafen können und war noch lange, nachdem Aya und Muto schon zu Bett gegangen waren, in der Küche sitzen geblieben.

Sie musste an einen Vorfall denken, der sich eine Woche zuvor in der Universität ereignet hatte: Es gab eine ausländische Gastprofessorin, die sich in der Universität bei den Studenten großer Beliebtheit erfreute. Ginza, Aya und Muto mochten sie besonders. Oft sprachen sie noch mit ihr nach dem Unterricht, und sie gab ihnen Bücher, aus denen sich die drei dann nachts gegenseitig vorlasen. Es waren Reiseberichte, und diese Bücher waren es auch, die in ihnen die Idee weckten, eines Tages ihre Heimat verlassen zu wollen. Einmal hatte die Professorin sie sogar zu sich nach Hause eingeladen. Ginza,

Aya und Muto waren ganz aufgeregt gewesen, denn normalerweise konnten die Studenten das Gästehaus der ausländischen Dozenten nicht betreten. Sie waren erstaunt, wie aufgeräumt ihre Wohnung war, als ob in den Räumen niemand leben würde. Sie hatten frisch gebratene Tauben gegessen und Reiswein getrunken, und die einsam wirkende Professorin zeigte ihnen stundenlang Schachteln mit Fotos. Eines Tages brachte sie eine ausländische Zeitung mit in den Unterricht und las daraus einen Artikel vor. Man erfuhr nie, wer, aber irgendjemand in der Klasse musste sie dafür angezeigt haben. Jeder wusste, dass sie von der Partei zu einem Gespräch vorgeladen worden war. Man hatte sie hingeschickt wie eine Verbrecherin. Es ging ein Gerücht um, man habe sie nach dem Gespräch in ihr Heimatland zurückgeschickt, ein anderes besagte, dass sie selbst gekündigt habe. Auf jeden Fall war sie nicht mehr erschienen, und niemand hatte sie je wieder auf dem Universitätsgelände gesehen. Ginza, Aya und Muto waren darüber schockiert, aber sie behielten ihre Empörung für sich und träumten davon, nach dem Studium eine Weltreise zu machen und vielleicht irgendwo ihre geliebte Professorin wiederzutreffen.

Ginza war beunruhigt gewesen, als sie allein in der Küche gesessen und an all das gedacht hatte. Sie wollte Aya und Muto wecken, aber als sie ins Zimmer kam und auf den Kissen ihre schlafenden Gesichter sah, legte sie sich neben sie. Sie schliefen zu dritt in einem Bett, und Ginza kam es in diesem Moment vor, als wären sie zusammen auf einem Floß, mit dem sie vergebens versuchten, ans

Ufer zu kommen, das zwischen den hohen Wellen kurz aufblitzte, bevor es plötzlich wieder für lange Zeit verschwand.

Ginza führte die Reisegruppen zum Schluss ihrer Tour immer in das älteste Viertel Schanghais. Da standen die schmalen Häuser so dicht beieinander, als wären sie miteinander verwachsen. Wie Fahnen flatterte die Wäsche vor den Häusern. Es war die verwahrloseste Gegend der Stadt, und in den meisten Häusern gab es kein Wasser. Morgens trugen weißhaarige Chinesinnen den hölzernen Nachttopf raus, um ihn in den Jauchewagen auszuleeren. Im Sommer, wenn es auch abends keine Abkühlung gab, trugen die Menschen die Betten vor ihre Häuser, weil es drinnen zu heiß war. Ginza verstand nicht, warum die Touristen das alles sehen wollten und Fotos davon machten, während auf der anderen Seite des Flusses eine neue, saubere Stadt entstand. Dann dachte sie daran, dass die Europäer Menschen waren, die das Essen mit einem Messer zerschnitten, in kleine Stücke zerteilten, bevor sie es mit einer Gabel aufspießten und zum Mund führten. Dies war ihr immer unbegreiflich gewalttätig und brutal vorgekommen.

Als Ginza die Reisegruppe in die Nanjing-Lu-Straße zum Peace Hotel zurückführte, waren die Spitzen der Hochhäuser von Pudong im Dunst verschwunden. Immer tiefer senkte sich im Laufe des Tages der Smog. Manchmal war er so dicht, dass man die andere Straßenseite nicht mehr sehen konnte und die Sonne nur noch als eine schemenhafte Silhouette am Himmel stand.

Vor dem Hoteleingang nahm Ginza ihr Geld entgegen und bedankte sich. Das englische Ehepaar schien froh zu sein, dass der Rundgang zu Ende war, sie waren bleich, und die Frau fächelte sich schon seit geraumer Zeit mit einer Zeitung frische Luft zu. Die beiden deutschen Kinder hatten aufgehört zu streiten, sie waren unterwegs müde geworden und hielten sich an ihrer Mutter fest. Ihr Vater starrte immer noch in die Okularmuschel, und als sich Ginza schon verabschiedet hatte, filmte er ihr nach, bis sie in der Menschenmenge verschwand.

An diesen Sonntag hatte sich Ginza mit ihren beiden Freundinnen an der Promenade beim Fähranleger verabredet. Sie wollten nach Pudong fahren und sich das soeben eingeweihte Jinmao Building anschauen. Sie nannten es nur »den schwarzen Turm«. Seit Monaten hatten sie beobachtet, wie er höher und höher wuchs, sie hatten Wetten abgeschlossen, wie lange es noch dauern würde, bis er fertig war; aber immer kam noch eine Etage hinzu, und manchmal hatte man die Spitze tagelang nicht sehen können, weil sie unter der Dunstglocke verschwand. Aber wenn ein starker Wind den Dunst wegblies und die Turmspitze für ein paar Stunden freilegte, war das Gerüst noch da, und sie konnten sehen, wie Menschen darin herumkletterten, winzig wie Ameisen.

Auf dem Deck der Fähre blies ihnen der Wind ins Gesicht. Ayas schwarzes Haar flatterte in allen Richtungen um ihren Kopf. Ginza erzählte, dass sie heute einen Verrückten mit einer Kamera in der Gruppe gehabt habe, der alles filmte, nur seine Frau und seine Kinder nicht. Aya und Muto tippten sich an die Stirn und lachten gegen den Wind. Ginza war froh, dass die Tour vorbei war und sie die alte Stadt nun im Rücken hatten. Sie standen dicht nebeneinander an der Reling und blickten auf Pudong. Auf leerstehende Hochhäuser, Kräne, Lastwagen, Sand- und Kieshügel. Auf der anderen Seite war die Luft kühler und frischer. Sie gingen an den Bauzäunen vorbei, und als sie vor dem Jinmao Building ankamen, das sich wie eine senkrechte schwarze Wand vor ihnen aufbaute, duckten sie sich ein wenig und blieben stehen. Als ein Taxi vorfuhr und eine Gruppe von Leuten ausstieg, schlossen sie sich sofort an und liefen ihnen hinterher, weil sie sich allein nicht trauten, das Gebäude zu betreten. Innen war es hell vom polierten Marmor, und die Klimaanlage stieß eiskalte Luft aus, so dass sie sich fröstelnd die Arme rieben. In einem Expressfahrstuhl wurden sie innerhalb weniger Sekunden ins 88. Stockwerk katapultiert. Sie verspürten nur einen leichten Druck in den Ohren. Sobald sie ausstiegen, bemerkten sie, dass das Innere des Turms hohl war. Sie beugten sich über das Geländer und blickten hinunter wie in eine Schlucht. Die 555 Zimmer gruppierten sich spiralförmig um ein mächtiges Atrium. Auf der linken Seite, hinter einer Wand aus dunklem Glas, sah man den Schatten des Lifts, große Vogelflügel, die sich abwechselnd nach oben schwangen und in die Tiefe stürzten. Seit sie sich im Gebäude befanden, hatten sie kein Wort gesprochen. Von irgendwo weit unten hörte man helle Klavierklänge. Muto ging vom Geländer weg und drückte ihren Rücken und die Handflächen an die Wand. Ganz leicht spürte sie den Boden unter sich schwanken. Ginza konnte beobachten, dass die Menschen, die sich übers Geländer beugten, um hinunterzublicken, reflexartig ihren Kopf einzogen, als würden sie zurückgestoßen.

Eine große Glaskuppel schloss den Turm ab, durch die man in den Himmel sehen konnte. Ginza, Aya und Muto gingen einen langen Flur entlang, der zu einem Restaurant führte. Dort setzten sie sich an die Fensterfront. Auf dem Huangpu-Fluss kreuzten hell erleuchtete Tanzschiffe. Auch die Häusermeile des Bunds war erleuchtet, und Ginza konnte sogar die Fenster des Peace Hotels ausmachen. »Unter uns sind fünfundfünfzig leere Stockwerke«, sagte Aya plötzlich, als ob sie diese Tatsache beunruhigte. »Nicht mehr lange, und es wird hier voll sein«, erwiderte Ginza, »irgendwann werden Menschen vielleicht ihr ganzes Leben in diesem Turm verbringen.« Dann starrten sie alle in die gleiche Richtung, den blinkenden roten Lichtern nach, und wie in Zeitlupe hoben sie ihre Köpfe, als ein Flugzeug genau über der Glaskuppel einen Bogen machte und Schanghai hinter sich ließ.

Yakos Reise

Es war Ende Sommer, und für Yako war die Zeit gekommen, die Stadt zu verlassen. Sein Architekturstudium hatte er zur großen Enttäuschung der Eltern frühzeitig abgebrochen, er widmete sich seither ganz der Musik. Er spielte Saxophon und suchte Anschluss an eine Band. Mit dem wenigen Geld, das er besaß, hatte er sich ein Ticket nach L. A. gekauft, aus einem unbestimmten, aber starken Gefühl heraus, dort auf die richtigen Leute zu treffen. Seine Eltern waren über diese Entscheidung entsetzt und warfen ihn aus ihrer Wohnung. »Du wirst schon sehen, welch großer Fehler es war, dies deinen Eltern anzutun«, hatte sein Vater ihm noch auf der Türschwelle nachgerufen, bevor er die Tür »für immer« zuschlug.

Yakos Flug ging erst in zwei Wochen, und er wusste nicht, wohin er hätte gehen können, irrte mit seinem Instrumentenkoffer über den Schultern durch die Stadt. Wie ein Fremder ging er durch die Straßen seiner Heimatstadt, als hätte sie ihn verlassen, noch bevor er sie würde verlassen können. Er war ein Fremdkörper, der sich nicht in den Kreislauf der arbeitenden und eilenden Menschen einfügte, er schlich an den Häusern entlang, und es schien ihm, als schauten die Menschen ihn, sobald sie seinen Koffer wahrnahmen, mit feindseligeren Blicken an, als ahnten sie seine Pläne, als wüssten sie von seiner Abreise und gönnten sie ihm nicht. In einem Café machte er halt, blätterte in seinem Adressbuch und rief in der Reihenfolge des Alphabets Freunde und Bekannte an. Ihre Stimmen schienen seltsam erschreckt, als er seine Bitte äußerte, für die Zeit bis zu seinem Flug bei ihnen übernachten zu dürfen. »Mach doch keinen Blödsinn, Mann, storniere besser das Ticket und bleib zu Hause«, sagten die meisten oder überhäuften ihn mit Ausreden, warum eine Übernachtung derzeit bei ihnen nicht möglich sei. Endlich zeigte sich ein Mädchen, das er eigentlich gar nicht besser kannte, überraschend unkompliziert: »Ich wohne mit einer Freundin zusammen, zwar haben wir wenig Platz bei uns, aber wenn es dir nichts ausmacht, kannst du im Badezimmer schlafen.« Mutsuko und Mira wohnten im zwölften Stock eines Hochhauses in zwei kleinen Zimmern, in die morgens nur für wenige Stunden etwas Sonnenlicht fiel. Beide arbeiteten als Verkäuferinnen in einem großen Kaufhaus, Mutsuko in der Schuhabteilung im ersten, Mira in der Kosmetikabteilung im zweiten Geschoss. Am Morgen verabschiedeten sie sich an der Rolltreppe und trafen sich abends am Ausgang wieder, um gemeinsam mit der Untergrundbahn nach Hause zu fahren. Sie gaben Yako eine Decke und ein Kissen, damit er sich in der Badewanne eine Schlafstätte einrichten konnte. Abends saßen sie zu dritt in der winzigen Küche und aßen rohen Fisch, und Mira und Mutsuko verzehrten große Schalen mit Seetang, der ihre schwarzen Haare noch glänzender machte.

Das Fenster des Badezimmers war das kleinste der Wohnung, aber es ließ einen Blick auf den Himmel frei. Yako konnte die Spitze des Tokyo Towers erkennen, dessen Lichter in der Nacht wie rote Augen in der Dunkelheit aufblinkten. Meist konnte er nicht einschlafen, dann nahm er das Flugticket aus seinem Koffer und starrte auf die Abflug- und Ankunftszeiten. Hinter den Zahlen tat sich die beunruhigende Gewissheit auf, dass ihn am Flughafen von L. A. niemand erwarten würde und dass er kaum Englisch sprach, und dann hörte er die beschwörende Stimme des Vaters, die Warnungen seiner Freunde, die Stimmen vermischten sich in seinem Kopf zu einem einzigen höhnischen Gelächter. Yako lehnte sich mit seinem Oberkörper über den Badewannenrand, wie man sich aus einem Boot lehnt, und starrte auf sein Saxophon, das stumm und silbern dort auf dem Badezimmerboden lag. In Gedanken sah er sich an einem Straßenrand von L. A. stehen, gegen das Gelächter anspielend und gegen die Einsamkeit, die sich immer mehr vor ihm ausbreitete, wie ein weites, blühendes Feld, auf dem die Pflanzen begannen, allmählich über seinen Kopf hinweg zu wuchern und alles Licht zu schlucken.

Am Morgen seiner Abreise stand er wie immer um halb sechs Uhr auf, um das Badezimmer für Mutsuko und Mira freizumachen. Sie umarmten einander lange zum Abschied. Es blieben ihm noch ein paar Stunden bis zu seinem Flug, und er ging, nachdem die beiden die Wohnung verlassen hatten, noch einmal ins Badezimmer zurück. Überall glitzerten Wassertropfen, er atmete den klaren Duft von Jasmin und Lavendel. Er setzte sich auf den Rand der Badewanne und blies in sein Saxophon. Als das Parfum, das die Mädchen hinterlassen hatten, schon längst durch das geöffnete Fenster entwichen war, schickte er dem verlorenen Duft seine Klänge nach, in den Lärm der Stadt hinein. Yako stellte sich vor, dass die beiden irgendwo da draußen wären und ihn vielleicht hören könnten. Er spielte lauter, so laut, dass die Nachbarn anfingen zu protestieren, mit Besenstielen gegen die Decke klopften, und später, als er mit immer kräftigerem Atem ins Mundstück blies und das Flugzeug, das ihn hätte nach L. A. bringen sollen, längst abgehoben und Japan hinter sich gelassen hatte, trommelten sie mit Fäusten gegen die Wohnungstür und drohten mit der Polizei. Als Mutsuko und Mira am Abend nach Hause zurückkehrten, hatte sich vor ihrer Wohnung eine Menschenmenge gebildet. Sie konnten gerade noch verhindern, dass ein Mann mit einem Brecheisen die Tür öffnete. Hinter ihnen drängten sich die Nachbarn mit neugierigen Blicken in die Wohnung. Sie fanden Yako im Badezimmer auf dem Rand der Badewanne sitzend, er spielte auf seinem Saxophon und war so verbunden mit ihm, dass man meinte, es sei an seinem Körper angewachsen. Nur mit Gewalt konnte man ihm sein Instrument entreißen. Es war Nacht geworden, und im winzigen Badezimmerfenster waren zwei rote Lichter zu sehen, die wie ein Signal ins Dunkel blinkten.

Ein Geschenk für Miss Lesly

Am späten Nachmittag hatten die meisten die Klinik schon verlassen. Am Abend, als schließlich auch alle Patienten der offenen Abteilung abgeholt oder zu ihren Familien gegangen waren, um zu feiern, wurde es still in den Räumen. Im schwarzen Fensterrechteck des Aufenthaltsraumes spiegelten sich die elektrischen Kerzen des Weihnachtsbaumes, der jedes Jahr neben der Tür aufgestellt wurde, für diejenigen, die zu niemandem gehen konnten und über Weihnachten in der Klinik bleiben mussten. Im Aufenthaltsraum saßen Elma und die alte Mona auf dem Sofa. Ein Pfleger, der das Pech hatte, am Heiligabend die Nachtschicht zugeteilt bekommen zu haben, hockte etwas abseits an einem kleinen Tisch, über ein Kreuzworträtsel gebeugt. Die alte Mona saß mürrisch inmitten ihrer Wollknäuel und strickte. Niemand, weder die Pfleger noch die Patienten, hatten in ihrem Gesicht je ein Lächeln gesehen. Sie strickte hastig, und manchmal murmelte sie zornig klingende Worte vor sich hin. Ein Wall von Wollknäueln trennte sie von Elma, die sich so weit wie möglich von Mona weg in die Sofaecke drückte und auf Miss Lesly wartete. Miss Lesly, die behauptete, ein weltberühmter Filmstar zu sein. Niemand in der Abteilung wusste, wer Miss Lesly war und wie sie wirklich hieß. Sie wurde von allen Patienten, außer von Mona, ihres extravaganten Auftretens wegen geachtet. Als Miss Lesly in einem Abendkleid aus blauem Chiffon den Raum betrat und sich vor den Weihnachtsbaum stellte, wurden Monas Augen noch kleiner und feindseliger. Miss Lesly hatte ein schmales Gesicht, und ihre matten verblassten Augen schienen wie nach innen gerichtet. Um den Hals trug sie eine Federboa, und die Spitzen hingen wie erschöpft von Miss Leslys Schultern.

»Komm, wir wollen heute Abend ausgehen«, rief sie Elma fröhlich zu, die sich freute, dass man mit ihr etwas unternehmen wollte. Elma saß oft stundenlang schweigend herum.

»Nein. Es ist besser, Sie bleiben alle hier. Kein Lokal hat heute geöffnet, und es hat soeben zu schneien begonnen«, sagte der Pfleger, ohne aufzublicken. Sein Bleistift kratzte leise auf dem Papier. Miss Lesly ging zum Fenster, und der schwere dunkle Geruch ihres Parfums verteilte sich im Raum. Enttäuscht blickte sie hinaus. Die Schneeflocken flogen horizontal am Fenster vorbei, und dahinter strahlte die Stadt mit ihren hell erleuchteten Fenstern.

»In den Filmen, in denen ich gespielt habe, wurde Weihnachten gefeiert, und zwar richtig, mit allem Drum und Dran«, protestierte Miss Lesly aufgebracht. »Da waren richtige große Weihnachtsbäume mit dicken duftenden Nadeln. Und jeder hatte so viele Geschenke bekommen, dass er darin ertrinken konnte. Tausende von Wunderkerzen brannten in einer einzigen Nacht nieder ...«

»Ach was«, fiel ihr die alte Mona ins Wort, »was wissen denn Sie schon, wie man Weihnachten feiert. Meines Wissens wird am Heiligabend nichts anderes getan als gesungen.«

Während Mona und Miss Lesly sich stritten, erinnerte sich Elma an ihre Kindheit, an die Aufregung beim Anblick des wunderschönen Weihnachtsbaumes und an das geheimnisvolle Geräusch raschelnden Seidenpapiers. Miss Lesly kam vom Fenster zurück, setzte sich ganz nah neben Elma auf das Sofa und fragte, wie sie denn, als sie noch »draußen« war, Weihnachten gefeiert hatte. Aber Elma hatte sich über die Jahre in ihrer Einsamkeit eingerichtet wie in einem alten vertrauten Haus und war es gewohnt, ihre Gedanken für sich zu behalten. »Elma hat gar nie gefeiert«, sagte Miss Lesly abschließend, zündete sich eine Zigarette an und stieß den Rauch in zwei dunklen Wolken durch die Nase aus, als ein junger Mann den Raum betrat.

Der Pfleger schaute auf und legte das Kreuzworträtsel beiseite. Auch die alte Mona hielt inne und starrte den Fremden an. Das Gesicht und die Hände des Mannes waren rot von der Kälte, und auf den Schuhen haftete Schnee. »Mutter!«, rief er und stellte sich vor Miss Lesly. Er sah mit ausgestreckten Armen auf sie herab und schien darauf zu warten, dass sie aufstand, damit sie sich umarmen konnten. Aber Miss Lesly blickte, ohne ihn zu beachten, rauchend an ihm vorbei und redete auf Elma ein. Der Schnee schmolz auf seinen Schuhen und bildete eine kleine Wasserlache. Nach einer Weile zog der junge Mann ein Paket aus der Manteltasche und legte es auf den Tisch. Auch als er sich verabschiedete, beachtete ihn Miss Lesly nicht. Sobald Elma und Miss Lesly in ihre Zimmer gegangen waren, legte die alte Mona ihr Strickwerk ab, nahm das Geschenk an sich und öffnete es. In dem Seidenpapier war ein Flakon eingewickelt, und als sie daran roch, war es unverkennbar Miss Leslys Parfum. Sie wickelte das Fläschchen wieder ein, und als sie es schnell in ihre Tasche steckte, huschte für Sekunden ein kleines Lächeln über ihr Gesicht. Dann erfüllte das rasche Klappern ihrer Stricknadeln wieder den Raum, und ab und zu hörte der Pfleger, wie sie mit dem Wollknäuel wie mit einem Gegner schimpfte, der von Stunde zu Stunde kleiner wurde.

Der Tag ist da

Die Pension *Zum Englischen Garten* liegt im ersten Stock eines Mietshauses, und wenn es windet, schlägt das schief hängende Schild blechern gegen die Fassade. Drei Zimmer liegen zur Straße. Von ihnen blickt man in das gegenüberliegende Schaufenster eines Elektrofachgeschäfts, in dem Kugellampen ohne Unterbrechung, Tag und Nacht, in allen Farben aufblinken.

Neben dem Geschäft stehen Wohnhäuser mit großen getönten Glastüren. Weder Rosalie noch einer der Gäste, die in diesen Zimmern aus dem Fenster geblickt haben, haben je durch diese Türen jemanden hinein- oder hinausgehen sehen. Ab und zu hält ein Taxi vor der Pension, sonntags spazieren italienische Gastarbeiterfamilien die stille Straße hoch.

Die Besitzerin der Pension *Zum Englischen Garten* wälzt sich um sechs Uhr früh in einem Doppelbett aus hellem Buchenholz, dem Ehebett ihrer verstorbenen Eltern. Rosalie schlägt die Augen auf. Sie fühlt den Atem warm an den Nasenwänden hinaus in die Bettdecke strömen, die sie bis zur Stirn hochgezogen hat und die sich wie ein dunkler Berg über ihren Körper wölbt.

Rasch wirft sie die Decke zurück und richtet sich auf. Rosalie atmet auf, sie ist gestrandet. Aufgetaucht aus einem tiefen finsteren Traum. Ihre Schwester war im Traum erschienen, um Rache zu nehmen; ihr Gesicht war hundertfach, von allen Seiten, auf Rosalie zugekommen, sie war umzingelt gewesen wie von bedrohlich nä-

her rückenden Mauern. Erleichtert blickt Rosalie jetzt auf die Sonnenstrahlen, die durch den Spalt des Vorhangs auf den Teppich fallen.
Der Tag ist da, denkt Rosalie, und mit einem Satz springt sie aus dem Bett, zieht die Vorhänge auf und geht, ohne einen Blick aus dem Fenster zu werfen, zu ihrem Kleiderschrank. Gewöhnlich zieht sie sich gedankenlos an, mit raschen, jahrzehntelang eingeübten Bewegungen. Doch heute ist es Rosalie feierlich zumute, und sie steht lange vor dem geöffneten Kleiderschrank, zieht das eine oder andere Kleid heraus, um es zu betrachten, bevor sie sich für das dunkelgrüne Strickkleid entscheidet. Aus der braunen Lederschatulle holt sie eine Bernsteinkette, das einzige Schmuckstück, das Rosalie besitzt. Sie muss lächeln, als sie bemerkt, wie sorgfältig sie sich für den heutigen Tag herrichtet. In der Küche bereitet sie mit flinken Bewegungen das Frühstück zu. Vergessen ist die Dunkelheit der Nacht, der böse Traum, Rosalie denkt nur noch an ihre Gäste. Sie murmelt ihre Namen vor sich hin, während sie das Geschirr aus dem Schrank nimmt und auf ein Tablett stellt. Fünf Leute sind es, denen sie heute das Frühstück zubereiten muss. Natürlich werden die Gäste wieder, wie immer, länger schlafen und später kommen, als sie es am Vortag angekündigt haben. Eine unordentliche Familie ist das. Rosalie stellt die Kaffeetassen scheppernd auf den Tisch. An diesem großen Tisch mit den scharfen Kanten hat sie selbst schon als kleines Mädchen gesessen. Hier hatten sie und ihre Schwester Sonntag für Sonntag mit gefalteten Händen gebeichtet, vor den Eltern, die auf der

anderen Seite saßen und sich über eine passende Strafe unterhielten. Rosalie hat immer dieses Bild vor sich, wenn sie den Frühstückstisch deckt. Und dann denkt sie mit Genugtuung daran, wie sie, nachdem ihre Eltern bei dem Unfall ums Leben gekommen waren, das Erbe an sich gerissen hat. Den ganzen Hausrat, mit dem sie ihre Pension einrichtete. Und ihre Schwester hatte nichts dagegen unternommen, weil sie sich nicht durchsetzen konnte, gegen sie, die Ältere. Dass ihre Schwester vielleicht alles hergab, weil sie von dem Erbe gar nichts wissen wollte und nur allzu froh war, das Gerümpel und die Eltern, was für sie dasselbe war, endlich los zu sein, kam Rosalie nicht in den Sinn.

Rosalies Familie, die sich aus immer neuen Gästen zusammensetzt, sollte es hier jedoch besser haben. Aber die Leute tun leider nie das, was Rosalie von ihnen erwartet. Nach all den Jahren der Enttäuschung hat sie nicht mehr viel Geduld. Manchmal hasst Rosalie ihre Gäste. Seit einigen Jahren kommen die Leute kein zweites Mal in ihre Pension. Sie hat sogar Beschwerdebriefe erhalten, in denen ihre Pension als »der unfreundlichste Ort in ganz München« bezeichnet wird. Sie hat die Briefe aufgehoben, sie denkt, dass sie sie irgendwann jemandem vorlesen wird, mit dem sie darüber lachen und sie dann zerreißen kann.

Rosalie horcht auf. Aus dem Zimmer Nummer zwei kommt ein spitzes unterdrücktes Kichern und darauf ein lautes Poltern, als wäre ein Stuhl gegen die Wand geworfen worden. Es ist das Zimmer der beiden Mädchen, die gestern aus Berlin angekommen sind. Rosalie erinnert sich, wie sie sich argwöhnisch im Zimmer umgesehen hatten, und Rosalie hatte gleich gedacht, dass es sich um zwei verwöhnte, unerzogene Mädchen handle. Rosalie zieht gerade die Servietten durch die Serviettenringe, als Familie Sober aus ihrem Zimmer tritt und sich an den Tisch setzt. Die Mutter und der achtjährige Sohn setzen sich hinten auf die Bank, der Vater an die Seite. Rosalie bringt den Kaffee und fragt, ob sie gut geschlafen hätten. Die Mutter findet, dass es sehr ruhig sei hier. Ja, mitten in der Stadt und sehr ruhig, fügt der Vater hinzu und greift in den Korb mit den frisch gebackenen Brötchen. Der Sohn nimmt gleich zwei; Frau Sober zieht ihre Hand schnell zurück und lässt ihr Brötchen ungeschickt auf den Teller fallen. Rosalie entgeht nicht die Schwächlichkeit dieser Bewegung, so wie es Rekonvaleszenten nach langer Krankheit eigen ist. Gerade als Rosalie einen Schritt weg vom Tisch in Richtung Küche macht, bemerkt sie, wie der Sohn den ererbten Honigtopf aus gelbem Email mit beiden Händen nimmt, ihn ganz nahe vors Gesicht hält, daran zu schnuppern scheint, ihn fast mit der Nase berührt. Rosalie gibt ihm einen Klaps auf den Hinterkopf und knallt den Topf auf den Tisch. Sie murmelt etwas von »nicht spielen« und »Honig auf den Teppich leeren«. Die Mutter war zusammengezuckt, als die Hand der Wirtin ausholte, lächelt aber jetzt, und der Vater auch, weil es ja kein wirklicher Schlag gewesen war, mehr ein Zurechtrücken. Beide sehen sich an mit diesem einvernehmlichen Blick, den Rosalie bei Ehepaaren mit Kindern schon so oft gesehen hat. Als ob sie ein Gehirn teilten

mit den gleichen Gedanken, und Rosalie kann die Gedanken lesen: Die Wirtin ist eben eine schrullige alte Frau. Rosalie würde am liebsten auflachen. Hier in diesem Haus hat niemand ein Geheimnis vor ihr. Was sich die Leute bloß alles einbilden!
Sie räumt den Tisch ab, um ihn für die nächsten Gäste aufzudecken, und als sie die leeren Eierschalen fortwirft, sieht sie in der einen Schale das Eiweiß unberührt und in der Mitte ein sauberes Loch, dort, wo Sobers Sohn mit dem Löffel das Gelbe herausgelöst hat.
Die Mädchen kommen erst gegen zehn Uhr zum Frühstück. Rosalie bemerkt, dass sie die gleichen Kleider wie gestern tragen. Hosen und T-Shirts, die am Körper hängen wie Säcke. Am meisten wundert sie sich über die Schuhe, die aussehen wie jene, welche ihr Vater beim Militär getragen hatte. Die Mädchen möchten keinen Kaffee, sondern heiße Schokolade, sie sitzen mit aufgestützten Ellbogen am Tisch. Rosalie fragt sie nicht, ob sie gut geschlafen haben. Sie stellt nur alles hin und geht gleich wieder in die Küche. Dort ist sie in Sicherheit. Sie findet die Mädchen abscheulich. Sie kratzt mit dem Fingernagel die hart gewordenen Eigelbspuren von Herrn Sobers Teller und hört jedes Wort, das sie sprechen. So laut sprechen die, dass Rosalie jedes Wort verstehen kann, ohne zu lauschen, sie stellt sich dann aber doch in den Türrahmen und konzentriert sich und ärgert sich gleichzeitig, weil die jungen Leute so unvorsichtig sind und rücksichtslos, weil es ihnen völlig egal ist, ob man ihnen zuhört oder nicht.
»Da ist doch nichts zu holen.«

»Diese Stadt ist sterbenslangweilig.«
»Um drei treffen wir die anderen im Anasta. Möchte wissen, was die zusammengerafft haben.«
Dann rufen sie nach Milch, und Rosalie beeilt sich und holt welche. Während sie einem der Mädchen die warme Milch in die Tasse füllt, stellt sie sich vor, wie sie ihr das Brötchen wieder aus der Hand nimmt, das sie gerade aus dem Körbchen entwendet hat, und ihr eine tüchtige Ohrfeige verpasst. Plötzlich steht das Mädchen auf und grunzt, die Hände auf die Tischkante gestützt, ein »Wir sehen uns später noch«, mit vollem Mund; dabei fällt ein feiner Regen aus Brosamen auf den Teppich. Sie gibt der anderen einen Wink, und sie verschwinden hinter der Zimmertür. Zitternd stellt Rosalie den Krug ab und geht eilig in die Küche, um ein Glas Wasser zu trinken. Rosalie ist auf einmal sehr aufgeregt, sie stürzt das Wasser mit einem Schluck hinunter und lehnt sich, von einer plötzlichen Schwäche, einem leichten Schwindel ergriffen, an die Wand. »Ich muss eine Hilfe haben«, überlegt sie, die Handflächen fest an die Wand drückend, »jemand, der mir bei der Arbeit hilft.« Sie beschließt, am Montag ein entsprechendes Inserat aufzugeben. Erleichtert und wie gestärkt durch dieses Vorhaben, schaltet sie das Radio ein und beginnt, eine Melodie mitsummend, das Geschirr abzuwaschen. Aber die Mädchen gehen ihr nicht aus dem Kopf. Rosalie wünscht, sie wären fort.
»Die Pässe«, denkt sie plötzlich, »ich habe ihre Pässe noch nicht bekommen.« Sie lässt den Teller ins Wasser zurücksinken und eilt in ihr Arbeitszimmer. Sie hat die

Pässe noch nicht erhalten. Sie sagten gestern, sie müssten erst ihre Taschen auspacken. Sie würden sie dann bringen, in einer halben Stunde. Aber sie haben sie nicht gebracht, und Rosalie hat es vergessen und schaut jetzt in alle Fächer und durchwühlt die Papiere und findet sie nicht. Erst mit energischen, dann immer langsameren Schritten geht sie auf das Zimmer der Mädchen zu. Sie starrt auf die Tür, auf die feinen Risse im dunklen Holz und beschließt zu warten, bis die Mädchen von selber herauskommen. Sie geht in ihr eigenes Zimmer, um das Bett neu zu beziehen, lässt aber die Tür offen, damit sie es hört, wenn die Mädchen herauskommen. Dann wird sie ihre Pässe schon kriegen; das hat es noch nie gegeben, dass sie die Pässe nicht bekommen hat!

Auf der Bettkante sitzend, öffnet sie die Knöpfe des Bezugs, mit Fingern, die rutschig sind vom Schweiß. Sie starrt auf den roten abgenutzten Teppich im Flur, und dann sieht sie sich selber in dem Spiegel, der im Flur an der Wand hängt. Sie wundert sich über das grüne Strickkleid und die Kette, die gar nicht mehr zu diesem Tag passen, und dann fällt ihr die vergangene Nacht wieder ein, und sie erinnert sich, wie ihre Mutter früher diese Bernsteinkette getragen hatte und wie das Geräusch sie nachts geängstigt hatte, wenn Mutter sie auf den Nachttisch legte, dieses unheimliche hohle Rieseln der Steine. Rosalie ist ganz in Gedanken versunken; sie hört nicht, wie sie herauskommen. Sie fingert immer noch an einem Knopf, als sie auf ihr Bett zuschreiten und ihr mit einem Ruck die Decke wegreißen.

»Die Alte stellt sich an«, hört sie eine fremde Stimme

sagen, während sie in eines der zur Straße liegenden Zimmer gestoßen wird und vornüber auf den Boden fällt. Rosalie ist unter einem Tisch gelandet und erkennt die Schnitzereien des Tischbeins. Einen Moment staunt sie, weil sie sich nicht mehr bewegen kann. Sie will etwas sagen, aber ein harter Gegenstand zerschellt dumpf auf ihrem Kopf, die Rosette am Tischbein vergrößert sich; ein Rad, ein unaufhörlich sich im Leerlauf drehendes Rad. Rosalie hört jetzt Lärm von der Straße, und hinter den zugezogenen Vorhängen blinkt es, wie von Hunderten von farbigen Lämpchen, als wäre da draußen ein rauschendes Fest.

Ballade vom Rhein

(Für Jürg Federspiel)

Es gibt keine Zufälle, so sagtest du.

An einem frühen Abend in Basel, auf einem entleerten Marktplatz, stehen zwei Menschen an der Tramhaltestelle und suchen nach Kleingeld. Einer flucht. Das bist du. Du schaust mich an, musterst mich. Man erkennt sich, wie Tiere sich beschnuppern.

Deine Bücher stehen bei mir zu Hause im Regal.
Du seist gerade nach Basel gezogen, sagst du. Wir müssen uns mal treffen.
Eine Frau mit einem Koffer steht neben dir. Wir tauschen Telefonnummern aus.

Zu Hause nehme ich deine Bücher zur Hand. Man ist, wie man schreibt. Zwischen den Zeilen dein Zorn. In deinem Museum des Hasses habe ich mich ganz gern herumgetrieben. Was hast du in Basel verloren? Wieso verkriechst du dich hier? Wie ein Tier in seinem Bau.

Ich lebe am Fluss. In einem Haus aus dem Mittelalter, 13. Jahrhundert. Die Mauern sind auch im Sommer kalt. Bei mir gibt es wenig. Ein Tisch, ein Stuhl, eine japanische Strohmatte zum Schlafen. Bücher natürlich. Und Koffer in allen Größen. Es ist, als lebte ich mehr aus den Koffern als in der Wohnung. Ich bin hier nur sporadisch, temporär. Das kennst du gut. Weggehen. On the road, ein Leben lang.

Du wirst sehen.
In Basel ist alles klar aufgeteilt. Der Lällekönig streckt der Kleinstadtseite die Zunge raus. Seit Jahrhunderten. Verachtung – gute alte Tradition. Dort komme ich her, von der Kleinstadtseite. Dem schlechten Teil. Du wohnst da, in einem Eckhaus, das passt zu dir. Eckhaus. Nur ja nicht mittendrin.

Wir treffen uns zum Abendessen. Wir essen Fisch, so erinnere ich mich. »Pah!«, würdest du sagen und abschätzig lachen. »Erinnerung!« Du glaubst an nichts. Nicht mal an Erinnerungen. Falsch geleitete Hirnwindungen, sagst du, Bilder, Traumfetzen, alles ein Konstrukt. Spielereien des Gehirns.

Du kommst in Fahrt, du fluchst über die Schweiz, über die Spießer. Es sitzt ein Teufel am Tisch. Er spuckt und speit und haut mit der Faust auf den Tisch. Die Teller klirren. Die Leute schauen, die Kellner gehen in Deckung. Ich lache. Dein Zorn, so frisch und jung. Ein Vergnügen. Wir werfen Steine in den stumpfen See wie Kinder, und dann haben wir gelacht, als die Weinflasche leer war, zwei Irre.

Wenn man dieselben Filme gesehen und dieselben Bücher gelesen hat, entsteht so etwas wie Annäherung.

Vielleicht Freundschaft. Wir mögen die Short Stories der Amerikaner. Jack London und *Wind der Welt* von Cendrars. Dem Wahnsinnigen. Wir haben den gleichen Ekel vor Hunden, noch mehr vor den Besitzern, das Hündische in ihren Gesichtern und das Vermenschlichte in den Hunden. Da sind wir uns einig.

Von meinem Schreibtisch aus sehe ich den Rhein. In der Nacht höre ich die Ratten in der Dachrinne. Ihre Füße machen Kratzgeräusche. Vielleicht sind es auch Mäuse. Der Gedanke ist angenehmer. Doch es sind Ratten, die beim Wasser leben. Von meinem Fenster aus kann ich den Rhein sehen. In der Dunkelheit glänzt das Wasser, schwarz wie Folie.

Manchmal laufe ich schon morgens über die Brücke, von der Großstadt- zur Kleinstadtseite. Von Ufer zu Ufer. Alles ist still. Die Fenster der Häuser sind dunkel, um vier Uhr in der Früh. Auch du wirst schlafen. Oder schreiben.

Du hast sie dir ausgesucht. Die Totenstadt. Du sprichst oft vom Totentanz. Auch vom Narrenschiff. Überhaupt die Schiffe: die Lastkähne mit den Sandhügeln drauf, die rheinabwärts treiben. Auf dem Weg nach Rotterdam. Wir verstehen uns. Wir lieben Flüsse und wir hassen Seen. Alles, was sich nicht bewegt, macht uns krank. Der Rhein: ein kleiner Abschnitt vor unserer Haustür. Eine Krümmung des Flussbetts. Hier ist der Fluss besonders breit.

Im Sommer springen junge Männer von der Mittleren Brücke in den Rhein. Alle schauen zu. Kinder lachen, jauchzen und kreischen. Dann das Warten, bis der Kopf wieder auftaucht aus dem Wasser, die Sekunden zählen. Das Publikum klatscht. Manchmal stirbt einer beim Sprung. Ein kleiner Heldentod.

Wir sitzen auf der Fähre, und du lachst über den Fährmann, den barfüßigen. Row row row your boat gently down the stream. Ein Kinderlied.
Dass du unbedingt gerade in diesem Fluss ertrinken musstest! Warum konntest du dich nicht in New York vor die U-Bahn werfen? Eine Zumutung. Du und Mr. Parkinson! Ich kann mir genau vorstellen, wie du mit ihm einen Pakt geschlossen hast.
Versöhnt hast du dich nicht. Versöhnung passt nicht zu dir. Eher Zwiesprache halten, wie im Fieber, im Hass, in der Verzweiflung. Die Typhoid Mary ist dir wieder begegnet, im Traum. Ihr wildes Haar auf deiner Brust. Die todbringende Glücksbringerin. Geliebt hast du sie. Maria, dein Lieblingsname. Gekichert hast du beim Schreiben – ich kann's mir genau vorstellen. Du hast sie mit Lust umgebracht, deine Figuren. Der Tod hat viele Gesichter, und du hast oft und gerne über ihn geschrieben. Wie über einen guten alten Freund.

Wir sprechen auch davon. Mit Begeisterung. Doch nie vom Ertrinken. Erfrieren ist das Beste, sagst du. Erfrorene haben ein Lächeln auf den Lippen. Man schläft einfach ein und träumt sich aus dem Leben raus. Vielleicht ist es wie Fliegen. Geschmeidig und leicht, während im Körper das Blut zu Eis erstarrt. Ich stimme zu. Du bist makaber. Auch sehr lustig. Wie kann ein Friedhof Hörnli heißen?, fragst du. Du machst den Mund, als ob du spucken wolltest. Hörnli. Das ist doch kein Name für einen Friedhof! Père Lachaise. O. K. Aber Hörnli? Unmöglich.

Eine Kneipe im Kleinbasel. Du magst es dort. Ich nicht. Aber du bestehst darauf, mich einzuladen zum Mittagessen. Ich bestelle einen Apfelsaft und stochere mit der Gabel in der Rösti wie ein Kind. Du redest von Vietnam. Hanoi.
Die Hitze Asiens. Ich sehe in deinem Gesicht. Eine Landkarte. Ein Abenteuer. Deine Hände auf dem Holztisch. Sie wollten etwas erleben, diese Hände. In die Ferne ziehen und nach Unbekanntem greifen ...

Du bist viel gereist. Das verstehe ich: Rastlosigkeit. Immer in Bewegung. Man sammelt Erinnerungen, während Gegenstände verschwinden. Verlorengehen. In Containern auf Schiffen. Im Frachtraum von Flugzeugen, in Lastwagen. Meine Koffer sind so groß, dass ich mich in der Embryostellung hineinlegen könnte. Du weißt schon, Zigeunerblut. Nie ankommen, immer im Fluss.

In New York kann man spazieren gehen und den eigenen Namen vergessen – Vergangenheit und Zukunft sind aus den Angeln gehoben. New York ist immer gerade

jetzt. Die Lichter blinken um die Wette: Jetzt. Jetzt. Jetzt.
Ich bin jung, und du siehst in mir den Hunger nach Leben. Du kennst mich. So war ich auch, sagst du oft. So wie du. Ich wohne in einem kleinen Appartement downtown. Du wohnst im Gramercy Park Hotel.
Die Koordinaten von New York sind klar wie ein Schachbrett. Wir bewegen uns aufeinander zu.

Es ist Sommer. Im Bryant Park setzen wir uns auf die Wiese. In einem Pavillon wird klassische Musik gespielt. Streicher. Schubert vielleicht. Im Hintergrund Polizeisirenen. Ich ziehe die Sandalen aus. Der Fuß ist noch weißer im grünen Gras. »Schöne Füße«, sagst du und streichelst meine Fersen. Der Fuß zuckt zurück. Dein Lächeln ist schmerzhaft, ich kann ihm ansehen, dass du weißt: Es geht nicht. Nicht jetzt. Nicht später. Nie.

Auf dem Rückweg schweigst du. Irgendwo hältst du ein Taxi an. Im Rückfenster sehe ich dich auf dem Gehsteig stehen. Verloren, auch du.

In Basel wurden wir wieder angeschwemmt. Wie Treibholz. Du und ich. Ich ziehe weiter. Rastlos. Deine Anrufe, wie Bitten.
Wo bist du?, fragst du, und es klingt wie ein Ruf in die Ferne. Es ist, als rufst du dir selber zu. New York. Berlin. London. Ich mache kurze Besuche in Basel, wie hingeschleudert. Ich schwebe durch deine Wohnung. Eine Feder. Ich sehe die stumme Schreibmaschine am Tisch

vor dem Fenster. Hattest du nicht noch etwas vor? Schreiben, wie man eine Bombe baut, so sagtest du. Die Detonation auf die Sekunde geplant. Und dann aus sicherer Entfernung zuschauen, wie die Fetzen fliegen.

Beim Essen sehe ich dich an: Die Gabel zittert. Die Hand will nicht zum Mund.
Schweißperlen am Haaransatz. Adrenalin schießt durch die Venen, Stresshormone. Der Körper, der Schweinehund, macht, was er will. Wir lachen noch. Was nicht lustig ist. Dann fluchen, fluchen, fluchen. Wir fluchen zum Nachtisch und zum Kaffee. Mr. Parkinson immer schön bei uns. Flucht nur! Ich sehe, wie er mit dir aufsteht, dir folgt, Schritt für Schritt. Treuherzig wie ein Hund.

Monate vergehen. Die Muskeln schwinden. Tag für Tag. Parkinson geht mit dir ins Bett, steht mit dir auf, begleitet dich durch den Tag, durch die Nacht. Er atmet deine Luft, bis du keine mehr hast.

Du schickst Nachrichten, ich höre deine Stimme auf meinem Anrufbeantworter. Du lässt ausrichten, über Freunde; ruf doch mal an! Kranke machen mich nervös. Die Verzweiflung. Das Alter. Jedem sein Elend, aber ich reise noch, so weit ich kann. Die Kranken entfernen sich von den Gesunden in ihre eigene Welt. Wie Katzen, die sich zum Sterben hinlegen. Im Schutz eines Gebüschs oder einer Hausmauer, etwas abseits vom Lärm der Welt.

Du magst nicht mehr, sagst du. In Flugzeugen sitzen. Reisen. Du bleibst im Eckhaus. Wie eine Maus in ihrem Loch.

Manchmal fliegt jetzt beim Essen etwas vom Teller. Pass doch auf. Verdammt! Du strengst dich an. Wie ist es eigentlich, wenn die Hand, die man zum Mund führen will, einfach woanders hingeht? Ich lasse dich. Allein mit Parkinson. Die Hoffnung stirbt zuletzt, sagtest du einmal. Damals wusste ich nicht, was du damit meinst.

Du schreibst noch – alte Schule – mit der Hand. Geht jetzt auch nicht mehr. Die Hand zuckt aus, Buchstabe für Buchstabe, auf dem Papier ein Gekritzel wie eine frühe Kinderzeichnung. Ein Kreis schließt sich. Vielleicht ist es das, was man die Hölle auf Erden nennt.

Eines Morgens hast du entschieden. Radikal. Du nahmst ihn an der Hand, Mr. Parkinson mit festem Griff, und schlugst die Tür hinter dir zu. Zum letzten Mal.

Es ist gut. Gehen wir, sagst du zu dir selbst. »Um vier Uhr in der Früh ist die Zeit der Exekutionen«, so sagtest du, als ich dir erklärte, dass dies eine gute Zeit sei, um zu schreiben, weil dann die Welt so friedlich und still sei. Du warst ein Meister im Zertrümmern von Illusionen. »Was heißt schon friedlich!«, hast du gesagt, deine Zähne gezeigt und gelacht. Ein Lachen wie ein Biss, der eine Wunde hinterlässt.

Nur ein paar Schritte bis zum Wasser. Du warst einfach eine schwarze Silhouette in der Nacht. Ein einsamer Schatten. Du riechst den Fluss, dann hörst du ihn. Ein gleichmäßiges Rauschen in der Nacht. Ihr seid allein, du und der Rhein. Niemand sieht dich. Die Stadt schläft – darauf konntest du dich verlassen. Hier kommt niemand und stört einen beim Sterben. Ins Wasser gehen, auch eine Todesart. Dabei gibt es so viele Möglichkeiten, und dann ist es doch: ein Tod. Du wählst. Wie russisches Roulette, den Abzug im Mund. Klick, klick.

In London lese ich im Internet, dass du verschwunden bist. Vermisst. Die Polizei sucht. Warum so übertrieben? Warum verschwinden? Ich denke erst an einen Wald. Du mochtest den Wald. Bist oft spazieren gegangen. Nicht mit mir. Laubbäume, nasse Blätter, der Geruch von Moder, die tödliche Idylle der Laubbäume im Winter sind mir suspekt. Nein, mit dem Wald wollte ich noch nie etwas zu tun haben.
Ich wähle deine Nummer, obwohl ich weiß: Deine Stimme höre ich nie wieder. Hast du dich eingebuddelt, in ein Erdloch vergraben? Das passt. Deine Hände in die Erde gekrallt. So sehe ich dich.
Ans Wasser denke ich nie. Keine Sekunde. Auch nicht an deinen Tod. Du willst deine Ruhe haben, das ist alles. Abgehauen, ausgerissen wie ein Teenager. Komm schon, denke ich, reiß dich zusammen. Wir wollten doch noch ins Kino gehen. Hast du gesagt.

Wasserleichen sind besonders hässlich. Schwarz, aufgeblasen. Warum tust du dir das an? Und den anderen? Was ist mit der Spaziergängerin, die dich eines schönen Morgens am Stauwehr bei Weil am Rhein gefunden hat? Auch sie wird eine Erinnerung an dich haben. Natürlich hast du auch daran gedacht. Makaber, wie du warst. Du würdest lachen darüber. Du konntest so verächtlich sein.
Ich nehme deine Bücher aus dem Regal. Die Hinterbliebenen. Zeugen. Von was?

Ein gutes Gedicht ist ein Gebet, das man sich aufsagen kann, ganz am Ende. Hattest du noch Worte, ganz am Ende?
Sicher warst du ruhig. Still atmend siehst du in das schwarze Wasser unter dir, um dich herum, es hüllt dich ein wie eine Decke. Über dir der Himmel. Vielleicht ein Mond, irgendwo. Du schwimmst nicht. Nein, du legst dich auf den Rücken und lässt dich treiben. Wie Strandgut. Die Hände voll Wasser, das zwischen den Fingern wegrinnt. Du bist überrascht. So viel Wasser: im Mund, in den Ohren, in der Nase. Langsam und doch schnell strömt das Wasser in deine Kehle. Eine Welle Finsternis. Deine Lippen formen das Wort Ja. Du schluckst wieder und wieder, dann kippt der Mond vom Himmel genau auf dich zu. Wie im Sturzflug.

1. Auflage

Herstellung und Umschlaggestaltung: Laura J Gerlach
Umschlagmotiv: © gettyimages/Dougal Waters
Satz: psb, Berlin
Druck und Bindung: GGP Media GmbH, Pößneck
Printed in Germany
ISBN 978-3-627-00197-1